Amour Improbable

Qui sommes-nous pour arrêter l'amour ?

Ashley Colem

Also by Ashley Colem

Bien Trop Brutal
Obsede Par Elle
Limite dépassée
Amour Improbable
Kataliya, la Parfaite Élue
Le Choix Ultime d'un Seul Amour
Sexe à Répétition
Taïna est en feu

Gabriel Cole n'a pas beaucoup de temps pour ses propres problèmes. Mais lorsque sa mère revient d'un week-end à Las Vegas, mariée à un homme qu'il n'a jamais rencontré, il décide d'enquêter. Il s'avère qu'elle s'est associée à un escroc qui a laissé derrière lui une traînée d'épouses abandonnées et de créances irrécouvrables. Lorsque Gabriel apprend que son nouveau beau-père a une fille, il décide d'enquêter également sur elle. Il ne sera pas prêt à lui donner tout ce qu'elle veut jusqu'à ce qu'il rencontre sa nouvelle demi-sœur.

Elena est infirmière à domicile auprès des jeunes mamans. Mais elle a décidé de prendre les choses en main car elle a besoin d'un enfant. Même si ce n'est pas idéal, elle a hâte de trouver l'homme parfait. Mais un appel téléphonique lors d'une dernière mission menace de faire dérailler tous ses plans soigneusement élaborés.

Ce roman contient beaucoup d'enfantillage et est un délice sale et gluant.

Chapitre 1

Odette

Je regarde le petit garçon enveloppé dans mes bras alors qu'il me fait un grand sourire gommeux. «Tu vas me manquer», je roucoule. Il laisse échapper un petit rire, tend la main et tire sur une mèche de mes cheveux noirs. Il ressemble tellement à sa mère. Je me demande si mon bébé me ressemblerait.

Cela fait maintenant trois mois que je suis dans la famille Dickens et il est temps pour moi de partir. Partir est la partie la plus difficile de mon travail. C'est toujours le cas. Je ne sais pas combien de temps je pourrai continuer comme ça. Chaque bébé me prend un peu plus et je ne peux pas supporter beaucoup plus. Même si j'aime être avec des bébés, c'est difficile quand c'est quelque chose que je veux plus que tout au monde, quelque chose que je me souviens avoir voulu depuis que je suis petite et que je tiens ma première poupée dans mes bras.

Je lève les yeux vers Mme Dickens. Elle a la lèvre entre les dents. "Tout ira bien", j'essaie de la rassurer. Bébé Samuel est son premier bébé, mais c'est une maman formidable. En toute honnêteté, je ne pense même pas qu'elle avait besoin de moi, mais certains parents aiment vraiment avoir une nourrice à domicile lorsqu'ils ramènent leurs petits de l'hôpital. Cela les met à l'aise, et encore plus avec les nouveaux parents.

"Je ne sais pas comment nous allons faire ça sans toi." L'inquiétude entremêle ses mots alors que je m'approche d'elle et place Samuel dans ses bras.

« Vous avez ça. Vous êtes plus que prêt. Elle regarde son bébé avec tellement d'amour. Je retiens mes propres larmes en faisant mes adieux et en attrapant mon sac.

Ce n'est que lorsque je suis à l'arrière du taxi que j'ai enfin laissé couler une larme. Je sais que le petit Samuel va me manquer. J'aime chaque bébé dont je m'occupe. Je ne peux qu'imaginer l'amour que je ressentirais pour les miens. Cela dépasse ma compréhension. Je sais que vous ne pouvez pas comprendre cet amour tant que vous ne tenez pas votre bébé dans vos bras pour la première fois.

Je m'arrête à la boulangerie en bas de la rue chez ma mère et prends nos petits pains aux pacanes gluants préférés avant de rentrer à la maison. Elle a travaillé comme une folle ces derniers mois après que quelqu'un ait démissionné à l'hôpital. Je ne l'ai pas vue depuis des semaines et elle me manque.

«Maman, je suis à la maison», crie-je en entrant par la porte arrière. Je pensais que lorsque j'irais à l'université, ma mère déménagerait en ville et hors de la banlieue, mais elle ne l'a jamais fait. Elle a toujours été celle qui aime l'agitation de la ville. Je suis plus discret et j'aime être en périphérie.

Je suis retourné vivre avec ma mère après avoir obtenu mon diplôme universitaire. Je ne suis pas sûr qu'on puisse appeler cela « vivre avec elle » car techniquement, je ne reste avec elle dans mon ancienne chambre que lorsque je suis entre deux travaux. Ce qui n'est pas souvent le cas. Ce n'est pas difficile de trouver un emploi dans mon domaine. Il peut être difficile de trouver des nourrices résidantes. De plus, j'ai obtenu mon diplôme premier de ma promotion et ma liste de recommandations parle d'elle-même. Souvent, les familles essayaient de me faire rester plus longtemps, mais j'ai toujours dit non. J'ai peur de m'attacher trop. Et une plus grande partie de moi pense qu'un jour je fonderai ma propre famille. Ce jour n'est pas encore arrivé et j'ai décidé de faire quelque chose.

Je fais une pause quand je vois ma mère debout au-dessus de la table de la salle à manger avec mes dossiers éparpillés dessus. Ma mère est pédiatre et les gommages constituent toute sa garde-robe. Elle est en bleu clair aujourd'hui.

Je suppose qu'aimer les bébés coule dans notre sang, même si ma mère n'a jamais eu que moi. Elle travaille à l'hôpital local à quelques kilomètres de là et je me souviens encore que quand j'étais petite, elle m'emmenait à l'hôpital avec elle. Je n'ai jamais aimé qu'elle ne passe pas beaucoup de temps avec chaque bébé. C'est pourquoi j'ai choisi d'être infirmière. Puis, quand j'ai entendu parler de nourrices à domicile, j'ai pensé que cela ne pouvait pas être plus parfait pour moi.

Elle me regarde avec les mêmes yeux bruns riches que je vois chaque jour dans le miroir. Seules les siennes ont quelques ridules autour d'elles.

"Tu vas déménager aussi?" demande-t-elle en brandissant l'une des annonces immobilières que j'ai imprimées.

«Je regardais juste», j'avoue.

J'entre dans la salle à manger et pose la boîte sur la table contre le mur avant de me diriger vers ma mère. Elle me prend dans ses bras et je me sens comme à la maison.

«Je sais que tu veux faire ça, et je suis d'accord. Je te soutiendrai, Odette. Je pensais juste que tu resterais ici. Je pourrais aider davantage de cette façon.

Ma mère ferait n'importe quoi pour moi. Je sais que. C'est pourquoi je ne voulais pas rester ici. Elle ne me demanderait jamais de partir si elle avait besoin d'espace.

«Tu as ta propre vie, maman. Vous avez à peine signé pour avoir un bébé. Je ne vais pas vous en imposer une autre.

Elle recule avec un air choqué sur le visage. «Elena Newman!» me lance-t-elle. «Je n'avais peut-être pas prévu pour toi, mais tu es la meilleure chose qui me soit jamais arrivée. Vous pariez que je vais faire partie de la vie de mon petit-bébé.

Je sais que je n'étais pas un bébé planifié. Elle venait tout juste de sortir de l'école de médecine et elle est tombée amoureuse d'un médecin de l'hôpital où elle travaillait. Bientôt au début de leur histoire d'amour rapide, ma mère savait qu'il n'était pas bon. Elle a rompu avec mon père biologique et peu de temps après, elle a découvert qu'elle était enceinte de moi. Mon père, ou « donneur de sperme », comme je l'appelle souvent, a dit qu'il ne voulait rien avoir à faire avec moi. Il avait déjà sa propre famille.

Il a essayé de convaincre ma mère de se débarrasser de moi, mais ma mère a dit qu'elle savait qu'au moment où elle a découvert qu'elle était enceinte, j'étais censée être sa petite fille.

"Je suis désolé, maman. Je ne voulais pas dire ça comme ça, lui dis-je alors que la culpabilité me frappe. Ma mère ne m'a jamais fait sentir comme une erreur. Elle m'aime de tout son cœur. Je n'ai jamais désiré avoir un père parce qu'elle m'aimait assez pour deux parents. Je ne voulais tout simplement pas que mes choix de vie l'affectent.

"Je pensais que si j'allais commencer à essayer d'avoir un bébé, je devrais peut-être trouver mon propre logement." J'économisais comme un fou depuis que j'avais obtenu mon diplôme universitaire. Presque tous mes chèques vont directement sur mon compte bancaire pour que je puisse me permettre de tomber enceinte, tout en prenant beaucoup de temps libre une fois que j'aurai enfin mon bébé.

« Tu resteras ici. C'est ta maison. Vous n'êtes pas obligé de le faire seul. Je sais que je travaille beaucoup, mais je peux aider quand je suis ici. Je vois la détermination dans les yeux de ma mère. Elle ne va pas reculer.

"D'accord. Je resterai." Une certaine tension quitte mon corps, car je sais que je ne ferai pas ça seul. Ma mère rassemble toutes les annonces immobilières et les jette à la poubelle, ne laissant derrière elle que le paquet sur l'insémination artificielle.

Je me penche et le ramasse. Les pages sont usées parce que je les ai lues et relues. Je l'ai conservé dans un dossier en espérant ne jamais avoir à l'utiliser. Qu'un jour je trouverais l'homme parfait et je n'en aurais pas besoin. Mais j'en ai marre d'attendre.

Je sais que c'est en partie de ma faute. Je suis terriblement timide quand il s'agit des hommes. Le seul moment où je semble bien me comporter avec eux, c'est lorsque je travaille. Et c'est probablement parce qu'ils sont tous mariés.

Ma mère revient dans la salle à manger et récupère la boîte de pâtisseries avant de se mettre à table.

«J'ai déjà pris rendez-vous», j'avoue.

"J'ai pensé." Elle sourit par-dessus sa tasse de café avant de prendre une gorgée. Elle a toujours deux longueurs d'avance sur ce que je m'apprête à faire. J'espère que c'est une compétence que j'acquérirai avec mon propre enfant.

«Je vais continuer à travailler jusqu'à ce que je tombe enceinte», j'ajoute, en espérant que cela ne prenne que quelques essais. Je veux économiser autant d'argent que possible pour pouvoir rester sans travail plus longtemps une fois que le bébé arrivera enfin. Je souris en pensant à ce moment.

Je retourne la brochure et vois un couple heureux sur le dos tenant leur bébé. Une boule se forme dans ma gorge. J'aime ma mère et la famille que nous avons. Nous ne sommes que deux et j'ai adoré mon enfance. Mais je serais un menteur si je disais que je suis tout à fait d'accord pour faire ça tout seul.

Je veux tout. Être éperdument amoureuse d'un homme qui veut fonder une famille avec moi autant que moi, mais ce n'est qu'un conte de fées.

« Tu le trouveras un jour. Vous ne regarderez même pas et il sera là. Je regarde ma mère, qui m'étudie.

Elle n'est jamais sortie avec quelqu'un. Bon sang, je ne l'ai même jamais vue s'intéresser à un homme. C'était toujours le travail et moi, avec pas grand-chose d'autre. Elle en a toujours semblé plus qu'heureuse, alors pourquoi ne pourrais-je pas l'être aussi ?

Je hausse les épaules, ne voulant pas parler d'un homme qui n'est peut-être même pas réel. Ce sur quoi je peux me concentrer, c'est d'avoir mon bébé.

Chapitre2

«Voici Odette», dis-je en prenant mon téléphone portable sur ma table de nuit. Je sais déjà de qui il s'agit car j'ai une sonnerie réservée uniquement pour l'agence.

« Salut Odette, nous avons reçu une demande pour toi ce matin. Tu penses que tu peux faire une interview cet après-midi ? » demande Jenny de sa voix toujours enjouée. Peu importe l'heure de la journée ou à quel point elle est occupée, elle a toujours l'air heureuse.

Je jette un coup d'œil à l'horloge. J'aurais dû me lever il y a trente minutes, mais je suis encore en train de m'adapter pour pouvoir dormir toute la nuit. Par habitude, je me réveille toutes les quelques heures en pensant qu'il y a un bébé à surveiller, pour ensuite me rappeler après m'être assise qu'il n'y en a pas.

Je vois qu'il est déjà dix heures et j'ai rendez-vous chez le médecin à onze heures. Il va falloir que je bouge. C'est une autre raison pour laquelle j'ai eu du mal à dormir la nuit dernière. Je continue de faire des cauchemars dans lesquels ils vont me dire que quelque chose ne va pas chez moi et que je ne peux pas avoir de bébé. Des scénarios de cauchemar comme celui-là me viennent constamment à l'esprit. Puis la pensée lancinante que je fais la mauvaise chose surgit. Je continue de mettre cela de côté, pensant que c'est juste moi qui ai peur de faire ça seul, mais je sais que je peux. J'aime les bébés et ils m'aiment. Je suis bien avec eux et je vais être une maman formidable.

"Il faudrait que ce soit après une heure", lui dis-je en m'asseyant et en étouffant un bâillement. "Si ça ne marche pas, peut-être que tu trouveras quelqu'un d'autre ?" Je jette mes pieds par-dessus le bord du lit et chasse le sommeil de mes yeux.

« Non, c'était une demande pour vous spécifiquement. Je vous enverrai tous les détails par SMS.

"Merci", lui dis-je avant de raccrocher.

J'ai besoin de bouger mes fesses. Je saute sous la douche, me débarrassant rapidement de ma routine matinale avant de me promener dans mon placard pour trouver quelque chose à porter. J'avais prévu quelque chose de décontracté, mais il semble que je vais probablement me précipiter de la clinique à mon entretien d'embauche.

Il n'est pas rare que je passe d'un emploi à l'autre, et la plupart de ceux que je reçois sont des références. Cela pourrait peut-être être mon dernier emploi en tant que nourrice à domicile. Si je tombe enceinte tout de suite, bien sûr. Je me demande comment je vais devenir infirmière régulière dans un hôpital ou un cabinet de médecine familiale. Je sais qu'une fois que j'ai un bébé, je ne peux plus vivre chez moi. Je ne suis même pas tombée enceinte et je pense déjà à beaucoup trop d'avances.

Je m'installe sur une simple robe blanche qui tombe jusqu'à mes genoux avec un blazer et des chaussures plates. Je retourne dans la salle de bain et mets du mascara et du brillant à lèvres avant de me brosser les cheveux une dernière fois. Je prends mon sac à main et mon téléphone en sortant, puis je marche dans la rue pour prendre le bus. Peut-être que je devrais envisager de me procurer une voiture.

Je n'en ai pas vraiment besoin, mais je suppose qu'avec mon propre bébé, je le ferai. Je prends note sur mon téléphone pour rechercher les véhicules familiaux les plus sûrs. Quand je monte dans le bus, je regarde les informations envoyées par Jenny et je consulte l'adresse sur Google Maps pour déterminer si je dois appeler un taxi ou si un bus m'y amènera.

Je vois que je vais rencontrer un homme. Gabriel Cole. Le nom me semble familier, mais je n'arrive pas à le situer. Lorsque la carte en ligne apparaît, je comprends pourquoi le nom me semble familier. Cole Banking est la plus grande banque de l'État et est en passe de devenir l'une des plus grandes du pays. Pour autant que je sache, c'est déjà le cas.

Tout le monde sait qui est Gabriel Cole en raison de son succès dès son plus jeune âge. Quelque chose à propos d'être bon en bourse, si je me souviens bien. Je ne sais pas grand-chose de plus sur lui. Je ne me souviens même pas si j'ai déjà vu une photo de lui. Je vois que notre rendez-vous aura lieu à son bureau. Je regarde ma robe et je me demande si je suis sous-habillée. Je me rappelle que je suis une putain d'infirmière et non une femme d'affaires. Je ne postule pas pour un emploi dans l'une de ses succursales.

Peut-être que je devrais le rechercher sur Google. Je suis sûr que cela me dira quelque chose sur sa femme. Quand je tape son nom, la première chose qui apparaît est une photo de lui, et mon souffle se coupe. Non, je suis presque sûr de n'avoir jamais vu de photo de lui auparavant, car ce n'est pas un homme à ne pas manquer. Tout en lui rayonne de puissance et de domination. De ses cheveux noirs à ses yeux sombres. Je clique sur une autre image, confirmant ce que je pensais déjà. Le pouvoir lui échappe. C'est un grand homme, et sur la photo, il est avec quelques autres hommes, mais il les domine facilement tous. Ce n'est pas seulement sa taille ; il est grand partout. Aucune des photos que je fais défiler ne le montre non plus avec une femme. Je ne remarque pas non plus de bague à son doigt.

Je clique sur le lien Wikipédia sur lui, en espérant que cela me donnera quelque chose, mais il le répertorie comme célibataire. Intéressant. Peut-être qu'ils font profil bas là-dessus ou quelque chose du genre. Je ressens une trace de culpabilité face à l'attirance que j'ai ressentie lorsque j'ai vu pour la première fois la photo de Gabriel. Il appartient à quelqu'un d'autre. Je dois m'en souvenir. Je n'ai jamais eu de telles pensées auparavant à propos d'un client. C'est un peu déstabilisant. Je n'ai jamais non plus eu d'attirance instantanée pour un homme. Normalement, je dois me forcer à avoir des rendez-vous, en espérant que l'un d'eux grandira avec le temps. Mais ce n'est jamais le cas.

Je lève les yeux quand j'entends le chauffeur du bus appeler mon arrêt. Je range mon téléphone et sors. Le cabinet du médecin n'est qu'à quelques pas et je reste dehors, regardant le bâtiment. Je ne suis pas aussi excité que je le pensais. Quelque chose ne va pas. Quand j'étais petite et que je jouais avec mes poupées, ce n'est jamais ainsi que je voyais cela se produire. Je secoue la tête, essayant de me débarrasser de la fête de pitié que j'organise pour moi-même.

J'entre dans le cabinet du médecin, affichant un sourire que je ne ressens pas. Je remplis les documents et fais toutes les démarches, mais je jure que je ne les prends pas en compte. Ce n'est que lorsque le médecin dépose une pile de dossiers devant moi que je sors enfin de la transe. d tombé sous.

« Ce sont des donneurs possibles », me dit-elle en faisant glisser les dossiers vers moi. J'hésite un instant avant de les tendre et de les prendre. Je suis assis là avec eux, mais je n'en ouvre aucun. « Ramenez-les à la maison et examinez-les. Si vous avez des questions, n'hésitez pas à m'appeler ou à m'envoyer un e-mail », ajoute-t-elle.

"Merci", je réponds sans la regarder. Mes yeux sont toujours rivés sur les dossiers. Je ne veux pas les récupérer.

"Nous aurons bientôt les résultats de vos tests et je vous appellerai alors", dit le médecin, puis il se lève. Je fais de même, sachant que je dois emporter ces dossiers avec moi. Je finis par les attraper et les tirer vers ma poitrine. J'aurais aimé apporter un plus gros sac avec moi. Le médecin doit lire sur mon visage car elle ouvre un tiroir et en sort un sac dans lequel je peux ranger les dossiers.

"Merci", lui dis-je alors que nous quittons son bureau. Quand je sors dans une rue animée, je ne ressens rien de ce que je pensais ressentir. Je pensais que je serais plus excité, mais cela ressemble plus à une prise de conscience que je n'aurai pas la vie dont j'ai toujours rêvé.

Je lève les yeux, pensant que quelqu'un me regarde. Je regarde autour de moi mais je ne vois personne près de moi. Tout le monde va et vient comme une autre journée bien remplie en ville. En sortant mon téléphone, j'envoie un message à ma mère et lui dis que tout s'est bien passé pour qu'elle ne s'inquiète pas. Elle avait voulu venir avec moi, disant qu'elle appellerait en dehors du travail, mais je lui ai dit que tout irait bien.

Je ne me sens pas bien. En fait, je ne me suis jamais senti aussi incertain de ma vie.

Chapitre3

Gabriel

Je tiens le journal devant mon visage jusqu'à ce qu'elle passe. Je ne sais pas comment elle n'a pas remarqué que je la suivais dans le cabinet du médecin ou que j'étais assis dans la salle d'attente en train de brandir un magazine, mais elle était complètement inconsciente. Je l'ai même suivie dehors par la suite et elle n'en avait toujours aucune idée.

Quand j'ai entendu parler d'Elena Newman pour la première fois, j'ai pensé qu'elle ressemblait à une vieille dame. Mais quand l'infirmière l'appelait Odette, ça lui allait. Ses longs cheveux noirs et ses yeux sombres étaient hypnotiques. J'ai dû me vérifier plusieurs fois pour être sûr de ne pas me faire surprendre en train de regarder. Elle avait un gros cul pour sa petite taille et je ne pouvais pas en détourner les yeux. Même maintenant, alors que je la regarde marcher, je suis en transe.

"Putain, qu'est-ce que je fais?" Me dis-je en appuyant sur le bouton de mon téléphone pour appeler mon chauffeur. Il s'arrête sur le trottoir presque une seconde plus tard et je lui dis de m'emmener à mon bureau. Je dois la battre là-bas, et je dois détourner mes yeux de son cul, et ma bite doit se calmer si je veux le faire.

Je la regarde héler un taxi puis y monter, fermant la porte en toute sécurité lorsque nous passons devant elle. Comment ai-je pu me retrouver mêlé à tout ça ?

Donner un sourire à la réceptionniste et promettre de la faire entrer dans le club le plus branché de la ville était un moyen facile d'obtenir ce que je voulais. J'ai découvert que Mme Newman était là pour une insémination artificielle, mais que ce n'était que la rencontre préliminaire. Rien n'était encore décidé et cela a grandement apaisé mon anxiété.

Ce n'était pas censé se passer comme ça. Rien de tout cela ne va se planifier.

"Merde", je soupire et mets mon visage dans mes mains en me frottant les yeux.

Tout cela est de la faute de ma mère.

Barbara Cole est allée à Vegas pour le week-end et est revenue avec son mari. Maintenant, elle est mariée et je suis coincé avec le connard qu'elle a ramené à la maison. La première fois que je l'ai rencontré, je savais qu'il était un sordide et qu'il ne voulait que l'argent de ma mère, qui se trouve être mon argent. Ma mère est une sainte et les gens en ont déjà profité. D'habitude, je suis doué pour la protéger des salauds comme lui, mais je pensais qu'elle avait besoin de passer le week-end avec ses copines. J'aurais dû savoir que rien de bon ne vient de cette ville, et mon Dieu, Barb est-elle allée me donner raison.

Mon téléphone sonne et je baisse les yeux pour voir l'écran s'allumer avec son nom. Tout ce à quoi je peux penser quand je vois son nom là-bas, c'est : et maintenant ?

"Hé maman," dis-je, incapable de l'ignorer. «Je me dirige vers une réunion. Quoi de neuf?"

"Coucou mon coeur. Je voulais juste appeler et voir si tu étais libre pour le dîner ce soir. Vick a de merveilleuses idées sur les investissements. Tu sais que je ne suis pas doué pour ce genre de choses, et j'ai pensé que tu pourrais m'aider.

Je dois me mordre la langue pour ne pas me mettre en colère. J'aime ma mère, mais Dieu sait qu'elle n'a pas le meilleur goût en matière d'hommes.

« Je ne sais pas combien de temps cela prendra, mais laisse-moi t'aider. Je vais envoyer Ryan, mon conseiller financier, et il pourra répondre à toutes vos questions. Mon gars Ryan ne donnerait pas à ce gars deux nickels en bois.

"Oh, ça a l'air parfait. D'accord, si vous ne pouvez pas préparer le dîner, déjeunons bientôt.

"Très bien, je t'appellerai demain", dis-je, puis je lui dis au revoir.

Je serre mon téléphone dans ma main et même si je suis tenté de le briser, je ne le fais pas. J'en ai toujours besoin, même si je suis énervé.

« Tout cela à cause de Vegas », me dis-je en m'asseyant dans la voiture et en me dirigeant vers le bureau.

Une fois sur place, je suis comme un tigre en cage qui arpente mon bureau. Quand je m'assois, je tape mes doigts sur mon bureau, devenant anxieux. Finalement, j'ai appuyé sur le bouton de mon téléphone pour appeler ma secrétaire.

"Est-elle déjà là, Carol?" je demande avec impatience.

"Non monsieur. Cela ne fait que quatre minutes depuis la dernière fois que vous avez demandé. Je te promets que tu le sauras à la seconde où elle arrivera. J'émets un son agacé et j'entends le sourire dans sa voix lorsqu'elle revient. "Elle n'est pas attendue pour encore quinze ans."

"Je suis au courant", dis-je et je raccroche. Je suis presque certain de l'entendre rire de l'autre côté du mur, mais c'est probablement mon propre esprit qui me joue des tours.

Je me relève et commence à faire les cent pas. Il n'est pas possible que j'étais aussi loin devant elle dans la voiture. Peut-être qu'elle s'est arrêtée pour prendre un café ou qu'elle a changé d'avis. Je ne pense pas que l'une ou l'autre de ces possibilités soit une possibilité, alors peut-être que je m'énerve pour rien.

Au moment où je fais une autre passe sur le tapis, mon téléphone émet un bip et c'est Carol. "M. Cole, Mme Newman est là pour vous voir », dit-elle d'une voix froide et calme.

Je n'ai pas la possibilité de répondre avant que la porte ne s'ouvre et qu'elle entre.

Obtenir le plein effet d'elle directement est presque choquant. Ses yeux chaleureux et ses traits frappants suffisent à affaiblir mes genoux. Mais quand elle me sourit, cela me frappe droit dans la poitrine.

« Enchanté de vous rencontrer, M. Cole. Appelle-moi Odette, dit-elle en lui tendant la main et en s'avançant.

J'ai eu des réunions d'affaires avec des dirigeants de pays et conclu des accords d'un milliard de dollars au petit-déjeuner. Mais je n'ai jamais été aussi muet et déconcerté que devant cette femme parfaite.

"Gabriel." Dis-je en lui prenant la main dans la mienne. C'est tout ce que je parviens à passer au-delà de mes lèvres parce que je suis trop occupé à penser à l'emmener au sol et à lui arracher sa culotte pendant que je me jette sur elle comme un chien.

"C'est un plaisir de te rencontrer, Gabriel", dit-elle, et je dois cligner des yeux plusieurs fois pour revenir sur terre.

« Odette », dis-je en goûtant son nom dans ma bouche.

Je n'aurais jamais imaginé qu'en la regardant, je serais totalement et complètement amoureux. Surtout que c'est ma demi-soeur.

Chapitre 4

Odette

Je me mords la lèvre, ne sachant pas trop quoi faire quand Gabriel ne lâche pas ma main. Il est encore plus attirant en personne que sur les photos que j'ai vues. Je tire légèrement sur ma main et il baisse les yeux comme s'il venait tout juste de réaliser qu'il la tenait toujours. Il passe son pouce sur mes jointures avant de finalement me relâcher. La simple brosse donne la chair de poule sur ma peau. Je suis sûr que ma peau claire rougit. C'est toujours le cas.

Je jette un coup d'œil autour de son immense bureau, essayant de cacher la couleur qui tache mes joues et me demandant si sa moitié est là. Il n'y a personne d'autre que lui et moi, et je me demande quel genre de femme il faudrait pour l'avoir. Il est tellement habillé par la façon dont il se comporte, mais l'ombre de cinq heures sur son visage et l'ombre d'un tatouage sur le poignet de sa chemise montrent quelque chose d'un peu différent. Ce n'est pas un costaud coincé derrière un bureau. Il est rude sur les bords. Cela me fait penser qu'il joue salement pour obtenir ce qu'il veut, et je devrais garder cela à l'esprit lorsque j'ai affaire à lui.

"Puis-je vous offrir quelque chose à boire?" Je jette un coup d'œil par-dessus mon épaule et vois l'assistant qui m'a accueilli debout sur le pas de la porte. Elle m'a tiré du fantasme que j'avais de Gabriel et je suis reconnaissant pour son apparition. Elle me fait un sourire chaleureux et elle a l'air de se retenir de rire.

«Je vais bien, mais merci», lui dis-je poliment, et Gabriel secoue la tête. J'entends la porte se fermer avec un ricanement, nous laissant seuls.

"Asseyez-vous, s'il vous plaît." Il me fait signe de prendre une chaise devant son immense bureau en verre. En regardant autour du bureau, je remarque que tout est en verre. Les arêtes vives sont partout, et tout ce que je peux penser, c'est que cet endroit ne serait pas sûr pour un enfant en bas âge.

«Je peux tout changer dans ce bureau», dit-il, et mes yeux reviennent aux siens.

C'est alors que je réalise que j'avais parlé à voix haute. Je lui souris et une sensation de chaleur m'envahit. J'aime quand les parents sont prêts à tout pour leurs enfants. Je me souviens qu'il manque quelqu'un à cette réunion.

« Est-ce que votre femme nous rejoindra ? Je demande. Je glisse mes mains le long de mes cuisses, m'assurant que ma robe est lissée. La perfection du bureau me donne l'impression de ne pas être habillée de manière assez formelle. Gabriel prend la chaise à côté de la mienne et non celle derrière son bureau.

"Épouse?" » demande-t-il alors que la confusion se forme sur son visage. "Je ne suis pas marié."

"Eh bien, alors je suppose que je veux dire la femme dont tu es tombée enceinte." Je laisse échapper un petit rire pour cacher ma déception et la trace de jalousie que je ressens. Je sais que tout le monde ne croit pas au mariage. Je n'aurais pas dû poser la question de cette façon, mais la vérité est que je voulais savoir s'il est marié. Engagé. Ressaisis-toi, Odette. Je me gronde intérieurement.

« J'ai bien peur de n'avoir mis personne enceinte non plus. Eh bien, pas encore. Il me fixe du regard, presque comme s'il essayait de me dire quelque chose avant de me faire un clin d'œil.

Est-ce qu'il flirte avec moi ? Non, je dois mal lire.

«Vous avez appelé une nourrice à domicile», dis-je, essayant de nous mettre sur la même longueur d'onde. Je me sens anxieux. Je fais ça avec des hommes.

"Oui oui." Il secoue la tête comme s'il venait de se rappeler pourquoi je suis là. «C'est pour ma sœur. Elle déménage ici et restera avec moi. Je lui ai dit que je trouverais une nourrice à domicile. Elle ne veut pas faire ça seule.

«Je comprends ça», lui dis-je. Encore plus qu'il ne le sait. J'ai aussi peur d'avoir un bébé toute seule et je suis merveilleuse avec les bébés. "Alors, laissez-moi vous dire-"

Il m'interrompt avant que je puisse entrer dans les détails de ce que je peux offrir en termes de services. "Quand emménagerez-vous?" Il se lève comme s'il se levait pour m'aider à transporter des cartons jusqu'à chez lui.

"Ah." Je le regarde, un peu confus. Il a l'air encore plus grand maintenant, alors qu'il me domine. Nous n'avons même pas eu d'entretien et je ne sais même pas si nous sommes compatibles. Pour autant que je sache, nous ne pourrons peut-être pas nous supporter.

"Je triplerai le prix si vous emménagez aujourd'hui." Il se dirige vers son bureau et décroche un téléphone. « Dois-je appeler des déménageurs ? » Il me regarde, attendant une réponse.

"Attends, je suis encore en train de rattraper mon retard." Je me lève aussi, cherchant quelque chose à dire.

Il n'est pas étonnant que Cole Banking en soit là où elle en est aujourd'hui. Cet homme s'en prend au bulldozer et prend ce qu'il veut. Et ce qu'il veut en ce moment, c'est moi. Dommage que ce ne soit pas pour plus que mes services de nounou.

Je me retourne, rendant mon dos à Gabriel, sachant que je viens de me faire rougir. Je n'arrive pas à croire que j'ai même pensé ça. Qu'est-ce qu'il me fait ? Il m'a partout avec mes émotions.

« Un million », dit-il, et je me retourne pour le regarder.

Il tient son téléphone portable dans une poigne mortelle et n'a pas l'air d'être sur le point d'accepter un non comme réponse.

"Pendant combien de temps?" Les mots sortent de ma bouche. Je pourrais faire beaucoup avec un million de dollars. Non seulement j'ai mon bébé, mais j'ai un fonds universitaire et bien plus encore. Je n'aurais pas non plus à m'inquiéter de travailler jusqu'à ce qu'il soit à l'école.

« Un an », mord-il. Je peux dire qu'il veut en dire plus, mais il couvre ses paris. Je peux faire un an. C'est beaucoup plus long que d'habitude, mais je pourrais le faire. "Pas de rendez-vous ni d'hommes pendant cette période", ajoute-t-il.

Le commentaire hors sujet me surprend. "D'accord," dis-je facilement. Ce ne sera pas un problème. Je ne suis jamais sorti avec quelqu'un au travail, mais mon travail n'a jamais duré un an non plus.

"Tu ne vois personne maintenant, n'est-ce pas ?" » demande-t-il presque d'un ton accusateur. Je jure que j'entends le téléphone craquer sous son emprise mortelle.

"Non." À ma réponse, je vois une partie de la tension quitter son corps.

"Alors tu seras à moi pendant un an."

J'acquiesce, mais j'ai l'impression d'accepter plus que le simple rôle de nourrice. « Quand est-ce que ta sœur arrivera ?

«Bientôt, mais je veux que tout soit en place avant qu'elle n'arrive. Elle pourrait arriver à tout moment, je dois donc vous installer. Il porte le téléphone à son oreille.

« Envoyez la voiture. Je veux que tu ramènes Miss Newman à la maison pour qu'elle puisse rassembler ses affaires. Ensuite, vous pourrez l'amener chez moi.

"Tout cela se passe très vite." Je me mords la lèvre. Je ne sais même pas où il habite. Je suppose que c'est un endroit vraiment sympa, mais quand même. J'espère qu'il ne fait pas aussi froid que son bureau.

"Vous avez déjà accepté." Sa mâchoire se durcit et j'y vois la tension.

"Je ne change pas d'avis, c'est juste..." Je m'interromps. Je ne sais pas pourquoi je remets cela en question. Peut-être parce que c'est trop beau pour être vrai. Ou peut-être que c'est à cause de cette attirance que je ressens pour lui. Cela me fait me sentir déséquilibré. Je suis horrible avec les hommes et je n'arrive pas à le comprendre.

Il contourne le bureau pour se placer devant moi. Je regarde ses yeux sombres. Il remet une mèche de cheveux détachée derrière mon oreille. Le toucher est intime. « C'est bon, Odette. Je vais prendre soin de tout. Votre seul souci, c'est le bébé.

"Le bébé n'est pas encore là", lui rappelle-je. J'aurais aimé pouvoir rencontrer la future maman en premier. J'ai déjà refusé quelques emplois à cause des mères. Certains peuvent parfois être trop difficiles à gérer. Mais pour un million de dollars, je pourrais probablement m'occuper de n'importe quelle nouvelle mère.

"Lui donner le temps. Le bébé sera là », dit-il, et pour une raison quelconque, ses paroles ont bien plus de poids qu'elles ne le devraient.

J'acquiesce et ses yeux se posent sur ma bouche. Je sens la chaleur monter dans mon cou et je maudis ma peau claire. En plus d'être timide, il apparaît clairement comme le jour à la vue de tous. Il se penche un peu. Et pendant une seconde, je me demande s'il va m'embrasser. Mon souffle se coupe et j'attends.

Un coup à la porte me fait sursauter, trébuchant presque sur mes propres pieds. Gabriel m'attrape facilement, m'attirant dans son grand corps chaud et enroulant ses bras autour de moi.

"La voiture de Miss Newman est là, tout comme votre prochain rendez-vous", lui dit son assistante.

« Annule mon rendez-vous. Je vais escorter... »

Cette fois, je l'ai interrompu. "S'il vous plaît, ne faites pas ça." Je me retourne dans ses bras quand je réalise qu'il ne va pas me laisser partir. "Laisse-moi récupérer mes affaires et m'installer", je pousse. J'ai besoin d'un peu de temps seul pour respirer un instant. Ressaisis-toi et peut-être même cherche-le un peu plus sur Google. Je dois m'assurer que je ne mords pas plus que je ne peux mâcher.

"Monsieur ?" son assistant rappelle.

"S'il te plaît", j'essaie, ayant juste besoin d'un peu de répit.

Il se penche et sa bouche est si proche de la mienne. Cette fois, je suis sûr qu'il va m'embrasser, ce qui, je le sais, est une très mauvaise idée. Je vais travailler pour cet homme l'année prochaine. Sans oublier que je vais commencer à essayer d'avoir un bébé très bientôt.

"Ce soir", grogne-t-il si bas que je suis le seul à pouvoir l'entendre, puis il me laisse partir.

Je me retourne et manque de m'enfuir de son bureau, me sentant stupide de penser qu'il allait m'embrasser, et stupide de vouloir qu'il le fasse.

Chapitre5

Gabriel

J'ai passé toute la journée à être ennuyé par tout le monde. Tout ce que je voulais, c'était quitter le bureau pour pouvoir rentrer chez moi et être avec Odette. Mais au lieu de cela, j'ai eu des réunions et des gens en face toute la journée, et je suis agité en sortant de la dernière.

« J'ai essayé de libérer autant que possible votre emploi du temps pour demain, mais il y a encore des conférences téléphoniques que vous devez écouter. J'ai établi le programme et je vous l'ai envoyé par e-mail.

"Je ne vais pas être sur eux, Carol."

Elle essaie de suivre mon rythme rapide alors que je me précipite hors de la salle de réunion et vers l'ascenseur.

"M. Cole, j'ai essayé de les déplacer, mais c'est impossible. Écoutez au moins, cela a à voir avec... »

Elle parle aussi vite qu'elle peut, mais j'en ai marre d'écouter tous ceux qui ne sont pas Odette. Mon seul objectif est de rentrer à la maison et de pénétrer en elle. Si elle ne me laisse pas l'avoir ce soir, alors je vais passer mon temps à la convaincre pourquoi elle devrait le faire. Quoi qu'il en soit, je vais me retrouver profondément avant que le soleil ne se lève.

Quand je monte dans l'ascenseur, Carol parle toujours, mais j'appuie sur le bouton du hall et je l'ignore alors qu'elle se tient là.

"Bonne nuit, Carol", dis-je, ignorant son air agité alors que les portes se ferment et que je descends vers le hall.

Une fois sur place, je sors jusqu'à ma voiture qui m'attend et monte à l'arrière. Je soulève la cloison vitrée entre le conducteur et moi, et je suis au téléphone avant qu'il ne s'écarte du trottoir.

"Bonjour?" dit sa voix douce, et cela calme tous les nerfs de mon corps.

« Odette », dis-je en fermant les yeux. Son nom est comme un baume à mon besoin d'elle. "Je suis sur mon chemin de la maison. Avez-vous déjà diné?"

"Euh, salut Gabriel", dit-elle, et je pense qu'elle pourrait sourire. «Ouais, j'ai déjà mangé. Votre cuisinier m'a préparé quelque chose il y a quelques temps. Elle a dit de ne pas t'attendre. Est-ce OK?"

Une image d'elle se mordant la lèvre me vient à l'esprit et ma bite palpite. Je me penche et passe ma main sur mon pantalon là où la longueur dure descend le long de ma cuisse. Cela a été dur depuis qu'elle est arrivée dans mon bureau, et je n'ai même pas eu trente secondes pour trouver un peu de soulagement. C'est probablement pour ça que je suis si grincheux.

"Oui, d'habitude, je n'arrive pas à la maison à temps pour un bon repas, mais pour toi, je vais commencer à faire une exception."

"Oh vraiment? Comme c'est gentil de ta part." Elle rit un peu et j'entends le sourire dans sa voix.

La femme timide qui était dans mon bureau plus tôt est partie, et il y a une femme enjouée et affectueuse à sa place. Se pourrait-il que le téléphone la rende moins intimidée ? Ou est-ce que la gâter fait l'affaire ?

« Vous êtes-vous bien installé ? »

«Je l'ai fait, tout cela grâce à vous. Vous avez envoyé une équipe chez moi, mais je n'avais pas grand-chose au départ. Je pense qu'ils s'ennuyaient tous.

Je souris avec elle et m'adosse au siège, me relaxant pour ce qui semble être la première fois depuis des années. "On dirait que tu es heureux d'être à la maison alors."

"C'est magnifique ici. J'apprécie l'opportunité de travailler pour vous et votre sœur.

"Je pense que vous constaterez que je suis plus qu'accordé à tout ce que vous demandez." J'entends ce qui ressemble à de l'eau à l'autre bout du fil et je me redresse. « Est-ce que tu prends un bain ?

Il y a un silence complet au téléphone, puis elle s'éclaircit la gorge. "M. Cole, je ne pense pas que ce soit une conversation appropriée pour notre relation de travail... »

«Réponds-moi, ma belle», dis-je, et je mets toute la puissance que je peux derrière ces mots.

Elle reste silencieuse si longtemps que je ne pense pas qu'elle va me répondre. Mais je sais ce que j'ai entendu, et son demi-déni en est presque la preuve. Si elle est nue à l'autre bout du téléphone, je ne rentrerai peut-être pas à la maison avant de m'enflammer.

"Oui", souffle-t-elle, et le seul mot est à peine au-dessus d'un murmure.

Je ferme les yeux avant que mes mains ne commencent à se bousculer. Je me penche en arrière sur le siège, je descends dans mon pantalon et j'attrape ma bite. Je n'arrive pas à y arriver assez vite. Dès que ma main entre en contact avec la longueur dure comme l'acier, je me mords la lèvre pour ne pas gémir.

« Êtes-vous dans la grande salle de bain ? Celui avec la baignoire au milieu de la pièce ? Je caresse ma main de haut en bas sur ma bite alors que j'entends l'eau éclabousser un peu plus à l'autre bout du téléphone. J'ai besoin de chaque putain de détail.

"Oui", souffle-t-elle à nouveau, et je peux dire qu'elle devient timide.

Elle est dans ma salle de bain. Ce qui signifie que les déménageurs ont fait ce que je leur avais demandé et l'ont également mise dans ma chambre. L'image de sa chatte mouillée trempant dans ma baignoire me fait couler du sperme sur ma main. Putain, je ne vais pas rentrer à la maison avant d'avoir joui sur ma main. Je regarde par la fenêtre pour voir à quel point nous sommes proches.

"Avez-vous utilisé des bulles?" Je demande, ayant besoin de tout savoir.

"Non", répond-elle, et je ne peux retenir mon grognement d'excitation.

Si j'étais dans la salle de bain avec elle en ce moment, je pourrais me tenir au-dessus d'elle et regarder son corps nu. Je pourrais lui dire d'écarter les jambes et de me laisser voir cette chatte rose que je veux élever.

«As-tu pensé à moi lorsque tu as enlevé tes vêtements et que tu es entré dans l'eau chaude?» Je demande, ayant besoin de savoir.

Je suis désespéré pour elle et j'ai besoin d'une sorte de signe indiquant qu'elle veut de moi aussi. Je pouvais sentir l'attraction entre nous aujourd'hui ; cela ne ressemble à rien de ce que j'ai jamais ressenti et je sais que ce n'était pas seulement moi. Si elle me donne le moindre indice, je m'en fiche si elle est ma demi-sœur. Je vais mettre son petit cul enceinte.

"Oui", répond-elle, et je jure devant Dieu que j'entends un gémissement dans sa voix.

"Est-ce que tu te touches pendant que nous sommes au téléphone?" Je demande et pompe ma bite plus vite.

Putain, je n'y arriverai pas. Il n'y a pas de réponse, mais j'entends l'eau bouger et je ferme les yeux, imaginant sa main bougeant entre ses jambes.

"Arrête ça", je grogne, laissant la colère avancer pour ne pas jouir. Quand je n'entends plus le bruit de l'eau, je tiens le téléphone près de ma bouche. "Reste où tu es, et n'ose plus toucher cette douce petite chatte. Elle m'appartient maintenant et je viens la chercher.

"D'accord", répond-elle, et c'est si doux que je ne l'entends presque pas.

« Bonne fille, belle. Je suis en route."

Je raccroche puis remets ma bite douloureuse dans mon pantalon pendant que le chauffeur s'arrête devant ma maison. Je commence à me déshabiller en entrant.

« Élène ! » Je crie en retirant ma cravate et en la jetant dans le hall.

J'enlève ma chemise et la jette dans les escaliers. Je cours pratiquement à l'intérieur, dans le long couloir jusqu'à ma chambre, désespéré de l'atteindre. Quand j'arrive dans ma chambre, je regarde autour de moi et vois certaines de ses affaires. J'enlève mon pantalon et mes sous-vêtements et me précipite dans la salle de bain.

Là, au milieu de la salle de bain, se trouve ma putain de déesse, nue dans l'eau, ses cheveux empilés en un chignon en désordre et ses joues rouges soit par la chaleur du bain, soit par le besoin.

Quand j'ai fait concevoir cette maison, je m'en foutais de la baignoire, mais le designer m'a dit que puisque j'avais l'espace, la baignoire devrait être un point central clé dans la pièce. J'ai juste dit « peu importe » et je ne l'ai jamais utilisé une seule fois. Mais dès maintenant, je pense que je vais envoyer à l'entreprise une belle prime de Noël. Cela m'a coûté un bras et une jambe, mais me tenant ici et voyant ma beauté nue et étendue pour moi, je donnerais volontiers chaque centime que j'avais pour cela.

"Magnifique", je respire et, pendant une seconde, ma poitrine se serre tellement que j'ai peur d'avoir une crise cardiaque. Je respire en sachant que je ne peux pas mourir avant d'entrer dans sa chatte.

« Gabriel, je ne sais pas si c'est une bonne idée. Oh mon Dieu, à quoi je pensais. Elle essaie de couvrir ses seins, mais je me dirige vers le côté de la baignoire et la regarde.

« Arrêtez », dis-je, et c'est un ordre. Elle me regarde et nos yeux se croisent. Le sentiment du début revient et je sais très bien qu'elle le ressent aussi. Je peux le voir dans ses yeux et dans la façon dont elle me regarde. "Laisse moi voir ça."

Elle baisse lentement les bras, exposant ses seins, et je secoue la tête.

« Ceux-ci sont parfaits et j'ai hâte de les avoir en bouche. Mais tu sais ce que je veux.

Ses joues rougissent encore plus alors que mes yeux descendent de son corps jusqu'à ses cuisses et elle les écarte lentement.

"C'est ça. Je pense à cette petite chatte rose depuis que tu es entré dans mon bureau. Utilisez vos doigts et écartez ces lèvres.

Elle fait ce que je lui demande et je vois ses mains trembler sous l'eau.

"Lève-toi, je veux tout voir."

J'entre dans la baignoire alors qu'elle remonte ses hanches à la surface. Le bain est assez grand pour environ cinq personnes supplémentaires, mais heureusement pour moi, il n'y aura jamais personne d'autre qu'elle et moi.

Je me glisse dans l'eau chaude en face d'elle et écarte les jambes. Je regarde sa chatte, laissant mes yeux s'attarder sur ses lèvres gonflées et son petit clitoris dur.

"Tu veux un bébé là-dedans, n'est-ce pas ?" Dis-je en la regardant dans les yeux. Elle se mord la lèvre et hoche la tête.

Je m'agenouille et me déplace sur son corps pour être au-dessus d'elle dans la baignoire. Ses jambes sont toujours écartées et sa main reste sur sa chatte, la tenant ouverte pour moi. Elle est prête à être saillie et je ne l'attends plus. Elle est peut-être ma petite sœur, mais je vais la mettre nue et la mettre enceinte du premier coup.

Elle est glissante depuis l'eau, alors quand je lui glisse la tête de ma bite, c'est facile.

« Vierge petite cerise, n'est-ce pas ? » Dis-je quand je sens sa barrière.

"Oui", dit-elle en me regardant à travers ses cils.

« Ne t'inquiète pas, ma belle. Je serai facile.

Je me glisse plus loin et je le sens éclater alors que son corps se tend. En me penchant, je l'embrasse, laissant ma langue glisser sur ses lèvres jusqu'à ce qu'elle s'ouvre pour moi. Elle a un goût de biscuit, et c'est tellement innocent que je ne peux m'empêcher de l'enfoncer un peu plus.

Mes mains agrippent ses hanches tandis que je me fraye un chemin en elle, sachant qu'elle n'est pas protégée. La possibilité de la mettre enceinte me rend encore plus difficile, sachant que je vais l'élever pour moi-même. J'ai hâte que son ventre soit gros et rond et que ma demi-sœur porte mon enfant. Putain, je devrais lui dire, mais je ne peux pas prendre le risque qu'elle dise non. J'en ai besoin, et je n'en ai jamais eu besoin auparavant.

Je n'ai jamais regardé une femme et pensé à la féconder, mais avec mon Odette, j'ai envie de la prendre par derrière comme un animal et de lui tenir les hanches pendant que je continue à la remplir de mon sperme.

"Oui", murmure-t-elle contre mes lèvres alors que je la prends plus profondément.

Son corps est mûr et je parie qu'elle est en train d'ovuler. Elle est tellement prête pour ma bite que je sais qu'elle y pense aussi. Elle espère probablement que ma graine prendra racine et qu'elle se retrouvera avec une ligne bleue le matin.

"Ouvre-moi, ma belle", dis-je en écartant les jambes et en inclinant les hanches. Si elle jouit, son col sera bien doux, donc mon sperme entrera directement. "C'est tout. Agréable et facile, dis-je pour l'encourager.

Ma bouche se dirige vers son mamelon et je le suce, sentant le pic dur sur ma langue. Elle gémit et saisit mes cheveux pendant que je me balance dans et hors de sa chatte. Elle est si proche, et moi aussi, mais je sais ce qui est en jeu. Je n'oserai pas jouir avant elle, parce que je veux m'assurer de l'amener là où je la veux.

"Gabriel, ne t'arrête pas", supplie-t-elle, et je n'oserais pas.

Lorsque je glisse une main là où nous sommes connectés, je passe mon pouce sur son clitoris et elle crie. C'est fort et ça résonne sur le carrelage de la pièce, et je l'enfonce une dernière fois, tenant ma bite aussi profondément que possible.

Je sens les impulsions de sperme monter dans mon corps et en elle, et je grogne à travers. Son corps laisse la nature prendre le dessus tandis que sa chatte extrait chaque goutte de moi et de son ventre. Cela rend la situation encore plus chaude lorsque je regarde son corps nu, voyant ses hanches en redemander. Elle veut ce bébé. Peut-être presque autant que moi.

En passant mes mains autour de son dos, je me lève dans la baignoire avec elle dans mes bras. Je n'ose pas sortir ma bite, parce que je ne veux pas risquer que quoi que ce soit ne déborde.

"Où allons-nous?" demande-t-elle, les paupières lourdes.

"Je vais m'assurer que tu obtiennes ce que tu veux", dis-je en la portant jusqu'au lit. J'ai mis un oreiller sur le lit pour ses hanches, puis je l'ai allongée dessus. "Maintenant, montre-moi encore où tu veux que je mette ton bébé."

Sa main va là où nous sommes connectés et elle écarte à nouveau les lèvres. Je regarde ma grosse bite qui entre et sort d'elle, couverte de sperme.

« Tiens-les ouverts, ma belle. Je veux être papa.

Chapitre 6

Odette

Je me cache sous les couvertures, ayant peur de les retirer de ma tête. Je ne suis pas sûr de ce que je vais voir, car ce soir n'aurait pas pu être réel. Même si je le sais déjà. Je peux encore sentir Gabriel partout dans mon corps.

Je tire lentement les couvertures et jette un coup d'œil. Quand je ne vois personne, je m'assois et regarde autour de moi. Mais je ne vois toujours personne.

Mes yeux se tournent vers l'horloge sur la table de nuit et je vois qu'il fait encore nuit. J'ai dû m'endormir pendant environ une heure après que Gabriel m'ait poussé au paradis de l'orgasme. Je ne savais même pas que ça pouvait être comme ça. Je m'en étais donné quelques-unes au fil des années, mais elles n'avaient jamais ressemblé à ce que Gabriel m'avait fait. Je suis presque sûr de m'être évanoui après ce dernier, parce que je ne me souviens pas de grand-chose.

En rampant hors du lit, je me précipite vers la salle de bain, à la recherche de quelque chose pour me couvrir. J'attrape un peignoir accroché à la porte de la salle de bain, puis je me fige en me voyant dans le miroir. J'ai l'air d'un sale gâchis. Mes cheveux étaient en chignon en désordre mais ils sont maintenant lâches, et j'ai l'air d'avoir passé toute la nuit à baiser.

Je passe mes doigts le long de ma clavicule et dans mon cou jusqu'à l'endroit où se trouve une ligne de petits suçons. Je me regarde et vois de minuscules bleus se former sur mes hanches et mes cuisses. Mon cœur se serre à leur vue et je ferme rapidement la robe pour cacher la preuve de ce que nous avons fait. Je regarde mon visage dans le miroir. Mes lèvres sont gonflées et rouges à cause des heures qu'il a passées à m'embrasser.

« Qu'as-tu fait, Odette ? Je me demande.

Je travaille pour cet homme. Je dois travailler pour lui l'année prochaine. Je suis déjà lié par le contrat que j'ai signé en arrivant ici. Je ne le connais même pas et je le laisse me faire toutes sortes de choses. Tout mon corps rougit. Je ne peux pas lui faire face. Je pourrais mourir de honte.

Il n'arrêtait pas de parler de me donner un bébé. Je ne sais pas pourquoi, mais ça m'a tellement excité que j'aurais fait tout ce qu'il m'avait demandé. J'étais allongée dans la baignoire, fantasmant sur ce que ce serait d'être avec un homme comme Gabriel : vivre dans sa maison et dormir dans son lit. Pour l'accueillir à la maison tous les jours après une longue journée au bureau. Puis il a appelé et tout s'est passé si vite.

«Je peux réparer ça», me dis-je. Je vais m'habiller. Ensuite, je pourrai aller le trouver et lui dire que nous devons garder ce professionnel. Mon corps se rebelle contre cette idée et mon cœur aussi.

Je pars à la recherche de mes vêtements. Pendant que je parcourais la paperasse et que j'informais l'agence que j'acceptais le poste de Cole, les déménageurs ont rangé mes affaires. Ils m'ont dit que c'était ma chambre, mais alors que je commence à ouvrir les tiroirs, je continue de trouver des vêtements pour hommes. J'ouvre un autre tiroir et trouve enfin quelque chose qui me semble familier. Peut-être que Gabriel a tellement de vêtements qu'il doit utiliser sa chambre d'amis pour gagner de l'espace.

Je trouve une chemise de nuit et l'enfile par-dessus ma tête avant de sortir mes pantoufles pelucheuses préférées. Après avoir raccroché le peignoir à la porte, je fais le lit et me redresse un peu. J'essaie d'apprivoiser mes cheveux sauvages, mais je décide plutôt de les mettre en chignon en désordre sur le dessus de ma tête. C'est le mieux que je puisse faire pour le moment.

Je reste là, réalisant qu'il ne me reste plus rien à faire pour continuer à tergiverser. J'espérais à moitié qu'il se montrerait et que je n'aurais pas à le chercher. Mais on dirait que je n'arrive plus à traîner les pieds, même si ma timidité veut l'emporter.

« Professionnel », je marmonne pour moi-même.

Alors que j'éteins la lumière de la salle de bain, une pensée me vient à l'esprit. Et si vous êtes enceinte ? Je trébuche presque lorsque l'idée me vient. J'y ai pensé hier soir, bien sûr. Mais c'était dans le feu de l'action. Quelles sont les chances que je tombe réellement enceinte après la première fois ?

L'idée d'avoir le bébé de Gabriel me réchauffe tout le corps. Puis le doute commence à s'installer et je me demande quel genre de père il serait. Qu'est-ce que cela ferait de nous deux ? Pour autant que je sache, je ne suis qu'une autre saveur de la semaine.

Quand j'arrive à la cuisine, je ne vois personne, alors je retourne dans ma chambre et trouve mon téléphone portable. Je ne me sens pas bien de fouiner dans la maison de Gabriel à sa recherche. En plus, la maison est géante. Je ne le trouverai peut-être jamais. Peut-être qu'il a laissé un message disant qu'il allait faire quelque chose.

Je ne vois que quelques SMS manqués de ma mère. Je lui en renvoie un pour lui faire savoir que je me suis installé. Elle est déçue que j'aie déjà trouvé un nouvel emploi et que je ne serai pas à la maison pour un séjour plus long. Je prévois de déjeuner avec elle dans quelques jours. J'hésite toujours à lui raconter ce qui s'est passé avec Gabriel. L'argent, le sexe. C'est beaucoup pour vingt-quatre heures.

Je grince des dents quand j'y pense comme ça. Sinon, pourquoi quelqu'un t'offrirait-il un million de dollars, Odette ? Cela ne peut pas être ça. Un homme comme Gabriel n'a pas de mal à attirer l'attention des femmes. Il ne peut pas l'être. Il n'est pas seulement beau, mais il est également très riche. Et il est incroyable au lit. Il est peut-être le seul homme avec qui j'ai couché, mais il est vraiment doué pour ça. Je pensais que ta première fois était censée être gênante et un désastre. Même un peu douloureux. Ce n'était rien de tout cela.

La seule explication rationnelle que je puisse trouver est qu'il a de l'argent à dépenser et qu'il voulait mettre les choses au clair avant l'arrivée de sa sœur.

Je réfléchis à lui envoyer des SMS. Je veux mais j'y pense mieux. Je n'enverrais pas de message à un autre client pour lui demander où il se trouve. Je retourne à la cuisine mais m'arrête quand j'entends frapper à la porte d'entrée. Je fais une pause, me demandant si je devrais y répondre. Je vis ici maintenant, je me le rappelle. Bon type de.

Je me dirige vers la porte d'entrée et jette un coup d'œil. Je vois une femme debout, tenant une bouteille de vin.

J'ouvre la lourde porte et la blonde me regarde avec surprise. Elle est grande, probablement un pied de plus que moi. Elle porte un short moulant en spandex noir et un soutien-gorge de sport jaune vif. La tenue laisse entendre qu'elle allait courir, mais la bouteille de vin et le maquillage disent autre chose.

"Où est Gabriel?" demande-t-elle en passant devant moi.

"Je ne suis pas sûr", lui dis-je, me sentant un peu anxieux. Je ne sais pas si j'aurais dû la laisser entrer ou même ouvrir la porte. Non pas que je l'ai vraiment laissée entrer. Elle est entrée comme si elle l'avait fait un million de fois.

"J'attendrai." Elle entre dans la cuisine et je la suis. Elle commence à ouvrir les armoires jusqu'à ce qu'elle trouve un verre à vin et un ouvre-bouteille. Je la regarde pendant qu'elle se verse un verre. Elle ne m'en propose pas. Non pas que j'en voulais un pour commencer. Je veux manger une collation puis retourner dans ma chambre. Maintenant, je pense que je dois rester.

Je ne peux pas laisser cette femme errer. Elle pourrait être son amie ou... J'ai interrompu cette pensée, ne voulant pas y aller. Je n'avais même pas pensé qu'il serait avec quelqu'un d'autre après qu'il ait dit qu'il n'était pas marié et qu'il n'avait mis personne enceinte.

Encore. Il avait dit. Un seul mot me traverse l'esprit et ma main se pose sur mon ventre. Je pourrais être.

"Donc qui es-tu? Gabriel ne ramène jamais les femmes à sa place. Ses yeux me parcourent. "Tu es comme un petit cousin ou quelque chose comme ça ?"

Je me regarde et je me souviens que j'avais enfilé ma chemise de nuit couverte de lapins. Associé à mes pantoufles, j'ai probablement l'air jeune.

"Non. Je reste ici pour l'aider quand sa sœur arrive. Pour aider avec le bébé. Elle me regarde comme si j'avais perdu la tête.

"Il n'a pas de sœur." Elle lève les yeux au ciel, porte le verre de vin à sa bouche mais s'arrête avant de prendre un verre. "Tu as couché avec lui, n'est-ce pas !" accuse-t-elle.

Je sens une chaleur monter dans mon cou. « Il n'a pas de sœur ? Je demande, ignorant son autre question. Je ne parle pas de relations sexuelles avec cette femme au hasard qui peut ou non être impliquée avec Gabriel. Cette pensée me retourne l'estomac. Sinon, pourquoi serait-elle là si tard avec une bouteille de vin ? N'est-ce pas un plan cul ?

"Pas que je sache de." Elle pose le verre de vin avec un bruit sourd. Je suis surpris que ça ne casse pas. "Je ne sais pas ce que tu fais, mais Gabriel est à moi."

Je ne sais pas quoi faire ni même dire. « Peut-être que tu devrais y aller. Je ne pense pas que Gabriel soit là en ce moment. Je veux qu'elle sorte d'ici. Soudain, je ne me sens plus très bien.

"Odette." Je sursaute presque hors de ma peau lorsque la voix grave de Gabriel remplit la pièce. Sa main se pose sur mon épaule et il se penche, posant sa bouche près de mon oreille. "Va dans ta chambre."

Je reste là, choqué, un moment, ne voulant pas les laisser seuls. Mais je ne veux pas non plus rester. Et s'il l'embrassait ou quelque chose comme ça juste devant moi ?

"Maintenant", ajoute-t-il sévèrement.

Sur ce dernier mot, je retourne dans ma chambre et ferme la porte. Je retourne la serrure et reste là, me sentant stupide et navré à cause de quelqu'un que je ne connais même pas.

Chapitre7

Gabriel

"Putain, qu'est-ce que tu fais dans ma cuisine, Tiffany?" Dis-je en plissant les yeux.

J'entends des bruits de pas lourds derrière moi et je sais que c'est ma sécurité.

"M. Cole, je suis vraiment désolé... »

Je lève la main pour signaler à mon chef de la sécurité, Ben, qu'il doit arrêter de parler. Il est essoufflé donc il a dû traverser en courant de l'autre côté de la propriété.

"Vous êtes tellement exagérés", dit Tiffany en roulant les yeux.

"Madame, vous venez avec moi", dit Ben en se dirigeant vers elle.

« Bon sang, je venais juste pour être gentil. C'est une affaire de bon voisinage », souffle-t-elle comme si c'était moi qui étais ridicule.

"Tiffany", dis-je en me frottant les yeux. «Tu n'es plus mon voisin. Pas depuis que je t'ai acheté la propriété et que je t'ai forcé à déménager. Je porte plainte cette fois. J'ai déjà dû émettre une injonction de ne pas faire, et vous l'avez violée.

Je regarde Ben sortir son téléphone et envoyer un SMS, alertant sans aucun doute la sécurité de sa présence et informant la police.

"Tu es un vrai connard !" crie-t-elle en me jetant le verre de vin à la tête.

Si elle avait mieux visé, elle aurait pu causer de sérieux dégâts, ainsi qu'à ma femme qui allait bientôt être enceinte. Cette pensée me fait monter la colère dans le cou.

"Sortir!" Je lui aboie dessus et elle fait semblant de pleurer. Nous avons déjà vécu cela.

Elle a emménagé dans la maison à environ un kilomètre et demi de chez moi il y a quelques années et a immédiatement essayé de se frayer un chemin dans ma vie. J'étais poli, mais je ne l'ai jamais autorisée à entrer dans la maison et je n'ai jamais essayé de lui faire croire que nous allions un jour devenir quelque chose, y compris des amis. J'ai suffisamment d'amis et mon travail me tient très occupé. Mais lorsque ma sécurité l'a trouvée à plusieurs reprises en train de se faufiler dans mes parterres de fleurs et de chercher des fenêtres ouvertes, il était temps d'y mettre un terme.

Les sirènes des voitures de police retentissent au loin et soudain, ses faux cris se transforment en un air renfrogné alors que Ben la prend par le bras et la conduit hors de la cuisine.

« Alors tu vas baiser cette pute en haut mais pas moi ? Je vois comment ça se passe », crie-t-elle, et je n'arrive même pas à comprendre ce qu'elle veut dire.

Elle a tout cela en tête, et je savais que l'endroit le plus sûr pour mon Elena était d'être aussi loin que possible de sa folle. Mais je ne suis pas idiot. J'ai vu la douleur dans ses yeux alors qu'elle s'enfuyait de la pièce. Je dois aller la tenir et arranger les choses. Mais au lieu de cela, je dois faire face aux fous qui ont fait irruption dans ma cuisine.

Quand les flics arrivent, je leur parle quelques minutes avant qu'ils ne la mettent en garde à vue et ne partent. Ben et moi rentrons à l'intérieur et je lui fais savoir que certaines choses vont changer.

"Je suis désolé, M. Cole, cela ne se reproduira plus", dit-il, et j'acquiesce.

"J'ai besoin que tu t'assures que ce n'est pas le cas", dis-je en me tournant pour lui lancer un regard attentif. «La maîtresse de maison est là pour rester, et je veux qu'Elena ait la liberté de la maison et la sécurité que cela nécessite. Elle doit être protégée à tout moment, et je ne veux rien ni personne d'autre que moi assez près pour la toucher. Est-ce que tu comprends?"

Je dis mes mots très clairement et il hoche la tête, promettant de faire ce que je demande. Je lui confie ma vie, mais Tiffany est peut-être folle, et c'est une chose dangereuse avec laquelle jouer.

« Peux-tu t'assurer qu'elle reçoive de l'aide ? » Dis-je en jetant un coup d'œil aux voitures de police qui partent.

«Je vais le faire», dit Ben, puis il verrouille les portes en sortant.

Dès que je sais que nous sommes seuls, je monte les escaliers en courant et me dirige vers notre chambre. Quand j'ouvre la porte, les lumières sont éteintes et les rideaux sont tirés. La pièce est noire, mais je sens qu'elle est ici. Après ce que je lui ai fait, mon corps est en harmonie avec le sien et il en réclame davantage.

"Elena", dis-je en me dirigeant vers le lit. Je l'entends respirer, mais elle ne répond pas. "J'ai encore besoin de toi." J'enlève mes vêtements en arrivant au bord du lit et quand j'ai fini, je grimpe dessus.

«Va-t'en», je l'entends dire, mais elle ne le pense pas. Il n'y a aucun pouvoir derrière cela, et même si elle a pu être blessée que je lui ai dit de partir, elle me demande silencieusement de arranger les choses.

"Je ne peux pas faire ça", dis-je en tendant la main et en attrapant sa cheville. «Je devais te protéger d'elle. Je ne la connais pas et je ne sais pas de quoi elle est capable. C'est une putain de voisine folle qui va se faire manipuler. Ne croyez pas un mot de ce qu'elle dit. « Mon autre main trouve son autre cheville et je les écarte. "Tu as mon bébé dans ton ventre et je dois te protéger à tout prix."

"Tu ne le sais pas!" dit-elle en élevant la voix sur la défensive.

Je me déplace entre ses jambes pendant que je passe mes mains sur ses cuisses. "Je t'ai baisé fort et profondément avec ma bite nue. Rien ne m'empêchait de t'élever. Ma main se déplace entre ses jambes et vers sa chatte trempée. "Même maintenant, tu es allongé ici dans le noir, me suppliant de venir te mettre enceinte."

« Gabriel », murmure-t-elle.

"Glissez ça sous vous", dis-je en attrapant un oreiller et en le plaçant sous ses hanches. "Maintenant, je t'ai dit la dernière fois que je ne voulais pas que tu coures partout et que tu laisses couler mon sperme. Mais tu es venu si fort que tu t'es endormi et tu ne m'as pas entendu," dis-je en frottant le bout de ma bite entre ses lèvres. «Tu n'es plus une fille, Elena. Tu es une femme maintenant parce que j'ai pris cette petite cerise serrée que tu avais gardée entre tes cuisses.

Je pousse le bout de ma bite au-delà de son ouverture serrée et elle gémit.

"Tu vas t'allonger ici avec ta chatte en l'air et faire de moi un papa." Je m'enfonce jusqu'au bout et je grogne quand sa chatte se serre et me serre fort. "Putain, tu n'es même pas le moins du monde rodé après la dernière fois. Ça va me prendre du temps, n'est-ce pas ?

"Oh mon Dieu." Ses mains se posent sur ma poitrine alors que je pousse plus fort, essayant de frotter son clitoris pendant que j'enfonce profondément.

Je me penche et l'embrasse avant de goûter sa langue et de mordiller sa lèvre. J'enfouis mon visage dans son cou et entrelace ses doigts avec les miens.

« Tu es celle que je veux, Elena. Il n'y a personne d'autre que toi. Je l'embrasse sous son oreille et sens son corps se détendre encore plus sous le mien. « Tout cela va vite, mais c'est réel. Tu es à moi maintenant et je vais mettre mon bébé en toi.

Elle halète alors que son corps se resserre et je sens sa chatte couler du jus sur ma bite. Je continue de frotter ma bite sur son clitoris à chaque poussée et c'est assez de pression pour l'envoyer par-dessus bord. J'embrasse son cou et suce ses tétons alors qu'elle atteint son apogée. Son corps palpite et se tord alors que le plaisir s'empare et la traverse.

Je devrais attendre plus longtemps, mais j'ai hâte et je jouis avec elle. Je ressens chaque battement de ma bite alors qu'elle libère charge après charge de beurre de noix crémeux dans son ventre en attente. Cela va prendre racine et me donner un fils comme un foutu héritier d'un trône. Je suis devenu un homme aujourd'hui et je grogne en lui donnant les dernières gouttes de ma semence.

"Tu es à moi maintenant", dis-je en embrassant l'espace entre ses seins où bat son cœur. "Pour toujours."

Chapitre8

Odette

Debout dans le couloir, j'entends un bruit venant de la cuisine. Je vais moi-même entrer et faire face à Gabriel, mais j'ai une impression de déjà-vu de la nuit précédente qui me traverse l'esprit. J'espère que c'est lui cette fois et pas une femme hostile. Je ne suis pas une personne très bavarde et j'ai tendance à me tenir comme un cerf dans les phares quand la merde frappe le ventilateur. Eh bien, je suis comme ça avec les adultes. Je suis mieux avec les bébés.

Je passe mes mains dans mes cheveux pour essayer de les apprivoiser. Je fais de mon mieux avant de quitter la chambre. En descendant, je commence à faire un pas vers la cuisine lorsqu'une main se pose sur mon épaule. Je crie de surprise et saute presque d'un pied en l'air. Je trébuche sur le long tapis du couloir, mais l'homme m'attrape par les bras et m'empêche de heurter le sol. Sa prise est dure et j'essaie de m'écarter, voulant me libérer de son emprise. Je ne sais pas qui me tient, mais je n'aime pas ça.

Peut-être que je devrais juste arrêter de quitter la chambre. Chaque fois que je franchis cette porte, quelque chose de dramatique se produit.

Je lève les yeux vers les yeux marron foncé d'un homme que je n'ai jamais vu auparavant. Il est vêtu de noir et sa chemise indique Razer Security en lettres blanches brillantes. Je suppose qu'il travaille pour Gabriel, mais je n'aime toujours pas qu'il me touche. J'essaie de reculer et cette fois il me laisse partir. Je recommence à trébucher, pour ensuite être attrapé par quelqu'un d'autre.

"Je t'ai eu, ma belle."

La tension quitte mon corps car je sais que c'est Gabriel. Son odeur envahit mes poumons et je le respire. La chaleur remplit mon estomac comme c'est toujours le cas lorsqu'il me traite de belle. Je me demande s'il appelle tout le monde comme ça, ou si c'est un nom qu'il a juste pour moi. Je me fond dans son corps dur et je peux dire que la tension que j'ai ressentie il y a un instant s'est transférée sur lui.

"Tu l'as touchée ?" » dit-il, l'accusation et la domination dans sa voix me font frissonner.

Je ne suis pas sûr qu'il pose vraiment une question. J'aimerais pouvoir me retourner et le regarder pour lire son visage, mais il a maintenant un bras autour de ma taille et je ne vais nulle part tant qu'il ne le permet pas. Je me laisse pénétrer encore plus en lui. J'aime la sensation de son emprise protectrice sur moi.

« Monsieur, je ne savais pas... » L'homme trébuche d'abord sur ses paroles puis s'arrête d'un coup et recule d'un pas. Ses mains se lèvent et ses yeux s'écarquillent de peur. Je jure que je peux sentir l'air autour de nous changer. C'est chargé, mais je ne sais pas avec quoi. Colère ? Agressivité masculine ? Je ne suis pas sûr. Je ne l'ai jamais ressenti auparavant. Toutes ces nouvelles expériences semblent continuer avec Gabriel. Je commence à remarquer toutes sortes de choses avec lui que je n'avais jamais ressenties auparavant.

"Dehors !" crie Gabriel, et même moi, je sursaute un peu à l'ordre.

Sa voix rauque est basse et mortelle. S'il ne m'avait pas serré fermement, je me serais probablement enfuie d'ici aussi. Je regarde l'agent de sécurité hocher la tête et tourner les talons avant de sortir d'ici en un éclair.

GabrielLa prise ne se relâche que lorsque j'entends le bruit d'une porte qui se ferme. Je me tourne lentement dans ses bras et le regarde tandis que je place mes mains sur sa large poitrine. Je m'attends à voir de la colère sur son visage, mais à la place il me sourit. Ses yeux sont doux et je fond un peu au regard qu'il me lance.

"Je te prépare le petit-déjeuner avant de partir." Soudain, il me relève et je pousse un cri de surprise. "J'aurais dû te nourrir hier soir, mais quand je te touche, des choses se produisent."

Il me regarde comme s'il se souvenait de tout ce que nous avons fait. Je rougis en refaisant la même chose dans mon esprit. Il m'a touché et nous avons perdu toute raison. Toutes mes pensées sensées étaient par la fenêtre et je n'ai jamais essayé de l'arrêter. Je suis une putain d'infirmière, pour l'amour de Dieu. Ma mère me parle de sexualité sans risque depuis que j'ai eu mes règles à treize ans. Et me voilà, le laissant jouir en moi encore et encore, sachant ce qui peut arriver. Je ne sais rien de Gabriel, mais cela me semble bien dans la poitrine. Si je suis honnête avec moi-même, c'est fou et exagéré, mais c'est en quelque sorte tout ce dont je rêvais.

Il me porte à la cuisine et me fait asseoir sur le comptoir de la cuisine avant de m'embrasser sur le nez. Il s'attarde un moment comme s'il allait en faire plus mais grogne et s'éloigne de moi. Il retourne vers la cuisinière, où il commence à remplir une assiette de nourriture. Mon estomac grogne lorsque l'odeur du bacon et des œufs me frappe le nez.

Je le regarde se déplacer dans la cuisine et je me demande si je devrais dire quelque chose. Cela ressemble à ce que font les couples normaux chaque matin avant le travail, mais je ne sais pas quoi dire. Eh bien, ce n'est pas vrai. Je ne sais pas où commencer. J'ouvre la bouche mais je n'arrive pas à faire sortir un mot. J'ai tellement de questions, par où commencer ?

Il se retourne et je ferme la bouche pour ne pas ressembler à un con avec la bouche grande ouverte. Il me fait un sourire narquois alors qu'il se dirige vers moi, plaçant l'assiette à côté de moi avant de se diriger vers le réfrigérateur et de se verser un verre de jus d'orange.

Il me tend la main comme s'il me donnait quelque chose. J'ouvre la main avec la paume vers le haut et il y laisse tomber quelques pilules.

« Vitamines prénatales », me dit-il simplement. Il me tend ensuite le jus d'orange et je le prends avec mon autre main. Je suis assis là, un peu choqué, et il me pousse doucement la main. "Prends les."

J'ai su ce qu'ils étaient au moment où je les ai vus. Dans mon travail, je connais parfaitement les pilules, mais je n'aurais jamais pensé que je me réveillerais ce matin avec le besoin de les prendre.

«Je...» Je lève les yeux pour croiser son regard et il m'étudie.

« Magnifique, prends les pilules. Ils sont bons pour vous et notre bébé.

Je ferme ma main autour d'eux avant de les porter à ma bouche et de les y mettre. Je bois un grand verre de jus d'orange et nos yeux restent verrouillés tout le temps. Son sourire s'élargit encore en signe d'approbation. Quelque chose à ce sujet fait revenir la sensation de chaleur dans mon estomac.

"Alors tu veux un bébé?" Je demande. C'est la question la plus simple pour commencer. Je dépose le jus d'orange à côté de l'assiette de nourriture. C'est suffisant pour nourrir facilement trois personnes. Je ne pourrai jamais tout manger.

« Terminez le jus d'orange. C'est bon pour toi aussi. Je le reprends et prends un autre verre. "Ouais, je veux que tu aies mon bébé."

Ses grosses mains viennent se poser sur mes cuisses. Je porte une de ses chemises sans rien en dessous. Il trace la peau exposée sur mes cuisses puis la plonge sous la chemise. Il les laisse reposer là et je me lèche les lèvres tandis que mon corps se réveille. Je le veux, mais je cligne des yeux plusieurs fois et me rappelle de me concentrer.

«Moi aussi, je veux avoir un bébé», lui avoue-je.

"Je sais," me lance-t-il facilement.

Bien sûr, il le sait. Il m'a embauché quasiment sur-le-champ. Je suppose qu'il l'a fait après avoir connu quelqu'un avec qui j'avais travaillé auparavant et après avoir lu mon dossier. Même si ces choses n'auraient pas dû être là, même si je ne reste pas tout à fait silencieux sur le fait que je veux un bébé. Quelqu'un a dû le lui dire.

Ce n'est peut-être pas une si mauvaise idée après tout. Peut-être que je pourrai avoir un bébé avec lui. Il pourrait vouloir un enfant autant que moi. Peut-être qu'il n'a pas eu de chance avec des fréquentations comme moi et qu'il veut juste fonder une famille.

Ses mains glissent plus haut sur mes cuisses, brisant ma concentration.

Je dois cependant admettre qu'être avec Gabriel et procéder de cette façon a été bien plus amusant que ce que serait la conception à la clinique. Et bien moins cher. A moins que je perde mon cœur face à cet homme, car cela me coûterait cher. Je dois garder à l'esprit que ce que nous voulons tous les deux, c'est un bébé. Nous pouvons le faire ensemble et notre enfant aura à la fois un père et une mère. C'est quelque chose que je ne pouvais pas donner à mon bébé en choisissant de le faire moi-même.

"Je dois aller au bureau un petit moment, mais je veux te surveiller." Il remonte la chemise encore plus loin et avant que je sache ce qui se passe, il me met à plat dos sur l'îlot de la cuisine, sa main caressant mon centre. "Tu es un peu rouge." Il écarte les lèvres de mon sexe avant de se pencher et d'embrasser mon clitoris. Je le regarde, un peu choqué. Je ne sais pas pourquoi cela me choque, avec tout ce que nous avons déjà fait. Puis sa langue chaude et lisse glisse sur ma peau tendre et je m'en fiche plus d'avoir mal.

« Je devrais te laisser tranquille. Votre chatte a besoin de se reposer. Je suis sûr que je t'ai déjà mise enceinte, mais je ne peux pas m'en empêcher. Je le regarde revenir à toute sa hauteur, me rappelant à quel point il est plus grand que moi. Il sort sa chemise boutonnée de son pantalon avant de défaire sa ceinture d'un clic. Mes yeux vont droit là alors que sa queue se libère. "Je vais mettre un peu plus de mon sperme en toi. Juste pour être sûr. Mais je ne veux pas te faire de mal. Je le regarde glisser la tête de sa queue en moi. Puis il se penche et se caresse sur toute la longueur et commence à se branler sans me pénétrer complètement.

Nous respirons tous les deux fortement maintenant alors que mes yeux sont fixés sur l'endroit où nous sommes connectés.

"Putain, regarde-toi." Son regard parcourt mon corps. Il remonte ma chemise jusqu'en haut pour que mes seins soient exposés, puis cette main se dirige vers ma hanche. « Vous êtes fait pour être élevé. Regardez ces hanches. Agréable et large, avec beaucoup d'espace. Il grogne en caressant sa solide queue de haut en bas. "Je te veux dans ma chemise avec ta chatte nue et tu m'attends quand je rentre à la maison. Je veux que tu sois assis sur ma bite à tout moment, prêt à prendre soin de moi.

"Oh mon Dieu", je gémis, voulant qu'il s'enfonce plus profondément en moi. Je fais pivoter mes hanches, essayant de prendre plus de lui, mais il continue de se branler avec juste le bout en moi.

"Ces putains de seins aussi. Je parie que je serai tellement jaloux quand nos enfants pourront les sucer. Je vais devoir apprendre à me contrôler. Apprenez à les partager. Il se lèche les lèvres comme s'il goûtait réellement mon lait maternel. Sa main sur ma hanche glisse jusqu'à mon clitoris et il me caresse avec son pouce. « Tu devras en garder pour papa. Ce sera aussi mon lait maintenant.

Les bruits de ses grognements et mes petits gémissements remplissent la cuisine.

« J'ai entendu dire que certaines femmes ne peuvent pas tomber enceintes pendant qu'elles allaitent. Je parie que vous êtes l'exception à cette règle. Une chatte aussi serrée et excitée supplie d'être enceinte. Tu vas écarter ces lèvres et supplier pour un autre bébé", dit-il tandis que son pouce gratte mon clitoris. "Je vais sucer tes doux seins laiteux tout en élevant ta petite jeune chatte."

Un halètement me quitte et mon orgasme m'envahit à ses mots érotiques. Ils sont sales mais enflamment quelque chose au plus profond de moi.

« Ne t'inquiète pas, ma belle. Je ferai en sorte que tu obtiennes tout ce que tu veux, » grogne-t-il alors que tout son corps se raidit.

Je sens son sperme chaud se libérer en moi et je jouis avec lui en criant son nom. D'épaisses giclées de sperme recouvrent mes entrailles et ma chatte palpite, avide de cela.

Nous restons enfermés ensemble comme ça pendant un long moment avant qu'il ne sorte la tête de sa bite et n'étale le sperme recouvrant le bout sur mon clitoris. La sensation me donne envie de plus, me sentant vide sans sa largeur en moi. Je le supplie de revenir en arrière, de m'étirer et de me donner une autre charge.

Je me penche et le caresse pendant qu'il me taquine avec. Je gémis et le mets à mon ouverture, balançant mes hanches dessus pour en savoir plus. Il est toujours dur et je sais qu'il pourrait se glisser si facilement puisque je suis trempé pour ça. Mais son contrôle est incassable car il me laisse me taquiner.

Il se penche, m'embrasse lentement et je laisse échapper un petit gémissement. J'adore ce moment doux et tendre et j'ai envie que ça continue.

Je sens une autre poussée de sperme sur ma chatte, et j'essaie de me balancer sur la tête de sa bite pour l'enfoncer plus profondément. Il grogne et me donne un dernier baiser avant de se retirer de ma prise et de me relever. Je me sens étourdi de plaisir par ce que nous venons de faire et j'ai toujours envie d'en savoir plus. Mon corps bourdonne de besoin, et il m'a fait tout cela en quelques instants.

Je regarde à travers mes cils pendant que Gabriel répare ses vêtements. Le spectacle est érotique. Le voir tout échevelé et devoir se ressaisir me donne envie de le retrouver. Mon Dieu, qu'est-ce qui ne va pas chez moi ?

« Je veux que tu manges. Je serai de retour dans quelques heures", dit-il avant de m'embrasser profondément et longuement. Lorsqu'il recule et que j'essaie de reprendre mon souffle, il me lance un regard sévère. « Ne quittez pas la maison. Passez la journée à commander des trucs pour la chambre de bébé.

Sur ces instructions, il s'éloigne de moi et quitte la pièce. Je suis aussi étourdi qu'à mon réveil. Puis je me demande de quelle chambre de bébé il parle. Celui pour sa sœur ou celui pour lui ? L'idée que ce soit pour lui me rend un peu triste. Même si ce bébé aura peut-être un père et une mère, Gabriel et moi ne serons pas un couple. Il s'agit d'avoir un bébé et rien de plus. Je dois continuer à me rappeler que cet homme n'est pas le mien.

Chapitre9

Gabriel

Je franchis la porte après avoir passé chaque seconde de la journée à penser à mon Odette. Je ne voulais pas être là et tout le monde le savait. Je m'en fiche plus. J'ai dit à tout le monde dans la salle du conseil que les choses allaient changer très bientôt. Je n'y consacrerais plus autant d'heures, et s'ils avaient un problème avec ça, ils devaient venir me voir. J'ai confié les opérations quotidiennes à mon vice-président et j'ai obtenu ce dont j'avais besoin de mon bureau. Je sais qu'il y aura beaucoup de courriels de suivi et de conférences téléphoniques, mais j'ai fait ce qu'il fallait aujourd'hui pour m'assurer d'être ici avec ma femme.

Je l'appelle et vérifie la cuisine avant de monter à l'étage. Je m'interroge un instant sur la possibilité de la retrouver dans le bain et ma bite excitée palpite à l'idée. Putain, j'ai adoré l'emmener dans cette baignoire, mais tant que je peux mettre ma bite dedans, je m'en fiche de savoir où elle se trouve.

« Hélène ? Magnifique, tu es là ? J'appelle, mais toujours pas de réponse.

Mes sourcils se froncent d'inquiétude alors que je regarde autour de moi. Son téléphone portable n'est plus à côté du lit et la chemise qu'elle portait quand je suis parti est pliée et posée au pied du lit. Je me souviens avoir posé ses sandales près de la chaise dans un coin, mais elles ont disparu aussi. Elle ne partirait pas. Aurait-elle ?

La panique commence à cogner dans ma poitrine alors que je sors de la pièce et traverse le couloir. Je vérifie les autres chambres au cas où, mais rien. Je descends les escaliers et vérifie mon bureau et le salon. Je fouille chaque pièce de la maison et, au moment où je reviens dans la cuisine, mon cœur bat à tout rompre.

«Odette!» Je crie en marchant vers l'arrière de la maison, puis je m'échoue lorsque j'entends le son de la musique.

Je me dirige vers la porte coulissante en verre, l'ouvre et j'entends les sons de la musique pop venant du patio arrière. Je sors et mets ma main devant mon visage pour garder le soleil couchant hors de mes yeux. C'est alors que je comprends pourquoi Elena ne m'a pas répondu quand je l'ai appelée. Elle s'est évanouie sur la chaise longue au bord de la piscine avec la musique jouée sur son téléphone à côté d'elle.

Elle porte un bikini noir que je lui ai acheté et que j'ai rangé dans le placard à l'étage. Elle a dû le trouver et enfiler ses sandales pour sortir ici. Je regarde autour de moi et je ne vois pas de serviette, donc je ne sais pas si elle est entrée dans la piscine ou non.

Je la veux depuis le moment où je suis parti et je suis prêt à l'avoir à nouveau.

Elle est allongée sur le dos, un bras autour des yeux, alors je contourne la chaise longue et grimpe dessus. Je baisse la main, déboucle ma ceinture et sors ma bite gonflée. Je suis dur et elle a passé des heures sans mon sperme en elle. C'est beaucoup trop long pour que sa chatte attende.

En tendant la main, je détache les petites ficelles noires de ses larges hanches et tire le tissu vers le bas pour exposer sa chatte. Je m'allonge sur elle et glisse ma bite entre ses petites lèvres humides, la couvrant de la vue. Si quelqu'un en sécurité nous repère, il me verra juste en train de s'écraser sur elle.

J'enfonce sa chatte et elle gémit dans son sommeil alors que je dois grogner pour entrer. Elle est toujours aussi serrée, même après tout ce que j'ai fait pour la cambrioler. Une chatte aussi bonne est faite pour tomber enceinte. Elle est toute à moi maintenant et je laisse échapper un grognement alors que je m'enfonce profondément.

Ses cuisses s'écartent tandis que son bras s'éloigne de ses yeux. Je lève la main et mets ma main sur sa bouche. "Ne fais pas de bruit", dis-je en la frappant sur la chaise longue. "Je ne veux pas que quelqu'un d'autre entende ce qui m'appartient."

Je grogne comme un vieil homme sur une adolescente, et bien trop vite, je me déchaîne en elle.

"Putain", je grogne, mais je ne me retire pas. Je continue avec ma bite maintenant recouverte de sperme. "Cette jolie petite chatte me fait toujours aller si vite. Je parie que tu veux aussi avoir le tien. En me penchant, je tire son bikini sur le côté, exposant un soupçon de son mamelon rose cerise. "Putain, j'ai hâte de voir ce lait sucré couler quand je suis sur toi."

Je sens sa chatte se serrer et c'est douloureux à quel point elle est petite. Mais chaque pression en vaut la peine car elle gémit contre ma paume et commence à jouir.

En me penchant, je suce son petit téton et elle gémit son orgasme sous moi. Je jouis à nouveau en elle pour faire bonne mesure, voulant m'assurer qu'elle est une maman.

"Tu as l'air d'être enceinte", dis-je en léchant son mamelon une dernière fois avant de le cacher. Je sors ma bite et bouge seulement un peu pour pouvoir tendre la main, attacher son bikini et couvrir sa chatte maintenant crémeuse et remplie de sperme. "Là, c'est beaucoup mieux." Quand elle me regarde avec confusion, je souris. "J'aime le voir plein de moi", dis-je en lui faisant un clin d'œil.

Je la prends dans mes bras et la ramène à l'intérieur. Quand je l'emmène dans la chambre, je décide de la baiser à nouveau pendant qu'elle porte encore le bikini. Cette fois, je déplace simplement le bas sur le côté et je repousse les triangles recouvrant ses seins. Les voir rebondir avec le haut de bikini de chaque côté me fait jouir à nouveau beaucoup trop vite. Je me rattrape quand je la prends par derrière et lui glisse mon petit doigt dans le cul. Sa chatte s'ouvre si bien pour moi que je peux tenir le bout de ma bite contre son col et y pomper du sperme directement.

Quelque chose dans le fait de l'élever est vilain mais chaud comme de la merde en même temps. La mettre nue à chaque fois représente un risque de grossesse, et cela me rend dix fois plus difficile de savoir que rien ne la protège de moi. Je suis un animal prêt à lui donner une portée, et c'est ma compagne en chaleur.

Chapitredix

Odette

Je passe mes mains dans les cheveux courts de Gabriel. Il a la tête sur mon ventre pendant qu'il dort. La lumière du matin brille à travers les grandes fenêtres de la chambre, et elle est si paisible et parfaite. Si nous avons un garçon, j'espère qu'il ressemble à Gabriel.

Je me demande à quoi il ressemblait quand il était enfant. Cette pensée me rappelle que je ne sais vraiment pas grand-chose de lui. Ses yeux s'ouvrent lentement et il me sourit. Je continue de toucher ses cheveux et de lui frotter le cou et les épaules, ne voulant pas briser le calme de ce moment. C'est en quelque sorte aussi intime que lorsque nous faisons l'amour.

Lorsque cette pensée me vient à l'esprit, je l'arrête net. Non, ce n'est pas faire l'amour. C'est du sexe. Droite? Non pas que je connaisse une différence. C'est le seul homme avec qui j'ai jamais été. Mais ce qu'il me fait ressentir ne peut pas être uniquement une question de sexe. C'est bien plus que ça.

"Pourquoi ce visage, belle?" me demande-t-il. J'essaie de calmer mon expression, sans me rendre compte que j'ai rien révélé. "Dites-moi." Il me mordille le ventre, me faisant rire. Il embrasse l'endroit qu'il a mordu et ses yeux reviennent vers les miens. Son visage est sérieux. « Si quelque chose te dérange, je dois savoir ce que c'est. Je ne peux pas le réparer à moins que vous me le disiez.

Je sais qu'il a raison. Je devrais jouer cartes sur table. Si nous allons avoir un bébé ensemble, nous devons être sur la même longueur d'onde sur tout pour que les choses ne se gâtent pas. Même si je ne suis pas sûr que nous n'ayons pas déjà franchi cette ligne. J'ai déjà des sentiments profonds pour Gabriel.

"Peut-être que nous devrions établir des règles ou quelque chose comme ça", dis-je, ne sachant pas comment formuler ce que je veux. Bon sang, je ne suis même pas sûr de ce que je veux. D'accord, c'est peut-être un mensonge. Je veux qu'il me dise que ça ne se limite pas à avoir un bébé. Qu'il a aussi des sentiments grandissants pour moi. Que nous ne sommes pas fous de nous lancer dans une relation qui pourrait potentiellement gâcher les choses avec notre bébé que nous avons si hâte de nouer.

Je détesterais penser que tout cela est à sens unique et que je craque encore plus pour lui. Et si les choses tournaient mal et que nous rompions ? L'idée de le voir avec quelqu'un d'autre me donne envie de vomir. Si nous avons un bébé, nous serons toujours connectés. Je ne supporte pas l'idée d'être séparé et de ne pas l'avoir dans mes bras, et j'ai besoin d'une ligne claire sur le sable. Rapide.

"La seule règle dont nous avons besoin est que tu m'appartiennes", grogne-t-il en s'asseyant tout en haut.

Ses yeux se plissent et je vois la détermination sur son visage. C'est comme s'il était confronté à une sorte de défi. Quelle femme sensée ne voudrait pas lui appartenir ? Bien sûr, je le veux, mais j'ai besoin de plus. J'ai besoin de savoir ce que tout cela implique. Je n'agis peut-être pas comme une femme démodée, mais quand il s'agit d'engagement, c'est ce que j'ai toujours recherché. C'est pour ça que je suis seul depuis si longtemps. J'attendais celui-là. Que se passe-t-il si j'ai trouvé cela, mais qu'il ne ressent pas la même chose ? J'ai besoin que ce soit précisé.

"Es-tu à moi aussi?" Je murmure en le regardant à travers mes cils. Je me sens soudain complètement incertain de ce que pourrait être sa réponse. Un petit nœud se forme dans mon estomac et je sens mon rythme cardiaque s'accélérer. "Je veux dire, plus que simplement avoir un bébé ensemble."

Mes mots sont précipités et je ne sais pas à quoi m'attendre. Alors, quand son visage s'adoucit et qu'il me pousse dans le lit, je fond un peu. Il bouge sur moi et sentir son poids me fait me sentir en sécurité.

"Je suis désolé de t'avoir fait penser ça, ma douce Elena. Il ne s'agit pas d'un bébé. Eh bien, ça n'a pas commencé comme ça.

Il se penche et m'embrasse si profondément que tous mes doutes disparaissent. Il va lentement et prend son temps, comme s'il n'avait rien d'autre au monde à faire que m'embrasser. C'est tellement beau que mon corps a mal pour lui. Je veux sceller ce baiser en me connectant le plus intimement possible.

Lorsqu'il recule, il prend ma joue en coupe et croise ses yeux dans les miens.

«Je t'ai voulu dès le moment où je t'ai vu pour la première fois. Puis, quand j'ai découvert que tu voulais un bébé, j'ai su que je serais le seul homme à t'en donner un.

Ma bouche s'ouvre à sa confession. "Tu me voulais dès le premier instant où tu m'as vu?" Je demande, voulant l'entendre le répéter. Comment cela peut-il être possible?

"Je voulais plus que toi. Je pense que je suis devenu un peu fou », dit-il en riant et en pressant son front contre le mien. "Mais je m'en fiche."

«Je pensais que peut-être tu savais que je voulais un bébé et que tu en avais toujours voulu un aussi. Ainsi, vous pourriez obtenir ce que vous vouliez. Rien de plus », lui avoue-t-il, et il sourit narquoisement. Aurais-je vraiment pu me tromper sur mes hypothèses dès le début ?

"" Magnifique, je ne peux pas garder mes putains de mains loin de toi. Je veux un bébé avec toi et personne d'autre. Je ne savais même pas que je voulais des enfants jusqu'à ce que je te voie. Jusqu'à ce que tu donnes vie à l'idée dans ma tête.

"C'est fou." Je me mords la lèvre pour ne pas sourire. Est-ce réel? Est-ce que cela se produit réellement ?

"Je t'ai dit que j'étais déjà fou." Il s'éloigne de moi et saute du lit. Il se dirige vers une commode voisine et ouvre un tiroir. Au bout d'une seconde, il revient avec une boîte à la main.

Mon souffle se coupe lorsque je vois la boîte en velours noir posée sur sa paume alors qu'il me la présente. Est-ce que je suis en train de rêver? Il s'agenouille à côté du lit et je m'assieds en mettant mes mains sur ma bouche. Lorsqu'il ouvre la boîte, je vois un diamant géant scintiller dans la lumière du matin. Il est rond et sur une bande délicate et ressemble à quelque chose qui appartient à un musée et non à cette chambre. Mes yeux me sortent probablement de la tête alors qu'il me sourit et le sort de la boîte. Je reste complètement silencieuse tandis qu'il le glisse à mon doigt, sans même me demander si je vais l'épouser. Il passe ses lèvres sur mes jointures puis se penche, m'embrassant doucement sur les lèvres.

« Nous pouvons finaliser cela aujourd'hui. Alors vous saurez à quel point je suis sérieux à ce sujet.

Je regarde le rocher qui pèse sur ma main. Je suis toujours sous le choc et complètement sans voix. C'est plus que fou.

"Nous ne nous connaissons même pas." Il me fait un sourire qui me fait penser qu'il cache quelque chose. Puis ça me frappe. S'il savait que je voulais un bébé, il sait probablement presque tout de moi. "Eh bien, je suppose que je ne sais pas grand chose sur toi."

« Cela viendra avec le temps. Mais tant que tu as mon nom de famille. C'est pour toujours pour moi, et qui a dit que nous ne pouvons pas apprendre au fur et à mesure », ajoute-t-il avant de se lever et de me prendre dans ses bras. "Nous pourrons nous marier d'ici la fin de la journée." Il commence à me conduire vers la salle de bain et je le tire pour le faire arrêter. Il se tourne vers moi, l'espièglerie disparut de son visage.

"Je ne dis pas que je ne veux pas t'épouser."

«Tu m'épouses», lance-t-il, et je dois me retenir de rire. Je peux déjà voir à quoi va ressembler la vie conjugale avec lui. Il est possessif et contrôlant, mais de la manière la plus douce qui soit.

« Je ne peux pas me marier sans ma mère. Cela lui briserait le cœur. C'est la seule famille que j'ai. Je pose ma main sur sa poitrine nue. "Elle sera la grand-mère de notre bébé."

« Bébés », corrige-t-il, mais je continue.

«J'ai besoin qu'elle soit là et qu'elle te rencontre. Avant, ça a toujours été juste elle et moi. Gabriel m'attire contre lui pour que nos corps soient pressés l'un contre l'autre.

« Invite-la à dîner ce soir. Je veux rencontrer la femme qui a élevé ma belle et douce future épouse. J'enroule mes bras autour de son cou et il me relève facilement.

Il se dirige à nouveau vers la salle de bain et je me sens légère et heureuse. Tout dans ma vie a conduit à cela et tout se met en place. Enfin, tous mes rêves deviennent réalité.

Chapitre 11

Gabriel

Je transporte le dernier des sacs et les dépose dans la pièce à côté de la nôtre. Nous sommes peut-être allés un peu trop loin aujourd'hui en faisant du shopping pour bébé. Quand nous étions sous la douche, je lui ai dit que je n'allais pas travailler et que nous pourrions passer toute la journée à regarder des affaires pour bébé si elle le voulait. L'expression de son visage m'est allée droit au cœur. Et je me suis promis de vivre ma vie en veillant à garder ce regard sur son visage. Je n'avais jamais vu quelqu'un s'éclairer ainsi auparavant. C'était si innocent et si doux. Peu importe ce qu'il faudra, je ferai ce qu'il faut pour elle et nos enfants.

Je regarde autour de moi ce qui était autrefois une chambre d'amis. C'est juste à côté du maître, c'est donc la pièce parfaite pour une chambre d'enfant. L'espace est complètement vide après l'avoir vidé aujourd'hui. Nous étions en train d'acheter des choses pour le remplir et je voulais que ce soit une toile vierge pour tout ce qu'Odette choisirait.

Un éclat d'inquiétude me traverse lorsque je pense au fait que sa mère sera bientôt là. Toute la journée, j'ai essayé de trouver un moyen de lui dire que je n'avais pas vraiment de sœur, mais ce n'était jamais le bon moment. J'avais besoin de lui raconter comment j'étais parvenu à la retrouver, mais je ne pouvais pas me résoudre à atténuer son sourire. Je n'arrive pas à trouver les mots justes, mais je sais que je dois lui dire. Bientôt.

Une partie de moi est terrifiée parce que je ne sais pas comment elle va réagir. Je n'ai jamais eu peur de rien dans ma vie, mais l'idée de la perdre est plus que je ne peux supporter. La bouleverser n'est pas quelque chose que je suis prêt à faire. Je me rappelle que quoi qu'il arrive, je ne la laisserai pas s'enfuir. Je vais comprendre ça.

J'espère pouvoir convaincre sa mère ce soir et la traîner au palais de justice demain pour que ce soit officiel. J'ai besoin qu'elle soit légalement liée à moi. Nous pouvons planifier un mariage aussi grand qu'elle le souhaite dans quelques mois si elle le souhaite, mais j'ai besoin que nous nous mariions maintenant. Je veux que mon nom soit marqué sur elle.

"Hé."

Je me retourne et vois Odette debout sur le seuil, les yeux toujours endormis. Je l'avais portée dans la maison après notre retour à la maison et je lui avais fait l'amour jusqu'à ce qu'elle s'évanouisse.

"Salut beauté."

Je m'approche d'elle et la prends dans mes bras. Comme toujours, elle se fond en moi. Comment j'ai eu autant de chance d'avoir trouvé cette douceur, je ne le saurai jamais. Je détestais son père Vick quand je l'ai rencontré, mais je devrais peut-être le remercier de m'avoir offert une telle femme.

Je ne sais pas comment ce connard a pu s'éloigner de ma copine. Elle a quelque chose de spécial dans son cœur et je l'aime. Je pouvais le sentir dès le premier instant où je posais les yeux sur elle. Quelque chose au plus profond de moi a changé et s'est mis en place. Je n'avais pas réalisé que je l'avais attendue toute ma vie.

Elle m'entoure de ses bras comme elle le fait toujours. J'aime la facilité avec laquelle elle se donne à moi. Mon Dieu, elle va être une épouse incroyable et une mère merveilleuse pour nos enfants. J'espère que je pourrai être à la hauteur de tout ce qu'elle veut.

«Ma mère m'a envoyé un texto. Elle est en route. Elle me fait un de ses grands sourires.

Il n'y a aucun moyen que sa mère puisse savoir avec qui elle a épousé. Le pourrait-elle ? J'en doute. Il faut juste que je passe ce soir sans qu'Odette le sache. Nous nous marierons tôt demain matin et ensuite je lui dirai. Je sais que je devrais probablement le faire avant, mais je ne peux tout simplement pas prendre ce risque.

« Va te préparer. Je vais finir le dîner. Je lui serre légèrement le cul et cela la fait rire avant de retourner dans notre chambre.

Je la regarde s'éloigner et j'ai envie de la suivre, mais je me retiens sachant que si je le fais, sa mère apparaîtra pendant que je suis au plus profond de sa fille. Ce n'est probablement pas la meilleure introduction l'un à l'autre.

Je veux que sa mère m'apprécie. Je sais à quel point elle compte pour Elena et je sais à quel point ma propre mère compte pour moi. Bon sang, c'est comme ça que tout a commencé. À cause de ma mère et du désir de la protéger contre un escroc, tout cela a conduit à ma femme.

Je chasse les pensées de mon esprit. Pour le moment, je dois me concentrer sur ce soir.

Je vais à la cuisine et vérifie les pâtes que j'ai demandées à l'avance. Ensuite, je commence à retirer les côtés que le personnel avait préparés pour l'accompagner. Je mets la table et m'assure que tout est parfait au moment où Odette entre dans la cuisine. Elle porte une robe bleu clair et ses pieds sont nus. Ses longs cheveux noirs coulent derrière elle et elle brille pratiquement. Je suis presque sûr qu'elle est enceinte rien qu'à cause de la lumière qui l'entoure. Je ne supporte pas la distance qui nous sépare, je la prends par les hanches et je l'assois sur le comptoir.

«Je suis un peu nerveuse à l'idée de tout raconter à ma mère», admet-elle. Ses petites mains se serrent sur ses genoux alors qu'elle se mord la lèvre.

J'utilise mon pouce pour retirer sa lèvre inférieure d'entre ses dents. Ensuite, je lui donne un rapide baiser avant de frotter mes mains de haut en bas de ses bras.

«Tout ira bien», lui dis-je. "Je m'en assurerai."

"On ne peut pas tout contrôler." Elle secoue la tête.

Peut-être pas, mais je suis sûr que je peux m'en rapprocher. Je me tiens entre ses jambes et elle pose ses mains sur ma poitrine.

«Je veux tellement ça. Tout cela semble si bien. Je veux que ma mère t'apprécie. Je veux que ta famille m'aime.

Ses doux mots me réchauffent. Je passe mes mains jusqu'à ses hanches et la serre là. Je baisse mon front contre le sien et prends une profonde inspiration. Putain, je dois lui parler de ma famille. J'aurais dû le faire dès le début, mais je ne l'ai pas fait. Il ne me reste plus qu'à le faire et à le diffuser déjà.

Me penchant en arrière, je la regarde dans les yeux et ouvre la bouche.

«Elena...» je commence, mais mes mots sont interrompus lorsque j'entends la voix de ma propre mère venant de devant la maison.

« Brooky ! J'étais dans le quartier.

Sa voix toujours plus joyeuse retentit depuis l'entrée. Putain, j'aurais dû dire à la porte d'entrée de me prévenir si ma mère se présentait. Ils ne m'alertent jamais quand elle arrive. Elle est autorisée à aller et venir à sa guise, et maintenant je devrais probablement changer cela. Je ne veux pas qu'elle ou quelqu'un d'autre entre ici alors que je pourrais avoir Odette allongée sur le comptoir de la cuisine. Je n'ai jamais eu ce souci auparavant.

Même si, alors que la panique s'installe dans ma poitrine, je réalise que c'est peut-être le moment où tout m'explose au visage.

Le bruit de ses talons qui claquent vers nous est inquiétant. Je prie pour que ma mère soit seule, mais quand je la vois entrer dans la cuisine, je réalise que ma chance est épuisée.

Chapitre 12

Odette

GabrielTout le corps de est tendu. J'essaie de me retourner pour voir la femme qui l'appelait Brooky. Il vaudrait mieux ne plus être ce voisin. Je pourrais le perdre cette fois. Maintenant que je sais que Gabriel est à moi, je peux revendiquer autant que je veux. Je sais aussi qu'il pense que cette femme est folle et que son avocat était censé s'occuper de tout cela. J'en étais trop heureux. Je ne veux pas que Gabriel s'approche d'elle.

Mais je ne m'inquiète pas pour elle. Je sais que Gabriel ne voit que moi. Quand nous étions dehors aujourd'hui, la plupart des gens savaient qui il était. Les femmes le regardaient ouvertement, mais il ne le remarquait même pas. Toute son attention était sur moi. En fait, c'était lui le jaloux. Tous les gars qui essayaient de me parler, soit ils grognaient, soit ils aboyaient pour s'éloigner de moi. J'avais dû lutter contre le rire presque toute la journée à cause de cela. Peut-être que j'avais tort de trouver ça drôle et adorable. La vérité est que cela m'a donné le sentiment d'être désiré. Comme s'il avait peur que quelqu'un essaie de me lui voler. Mon doigt va vers la bague en diamant à mon doigt. Gabriel et moi continuons à jouer avec distraitement.

GabrielLe grand corps de m'empêche de voir celui qui vient d'entrer. « J'ai amené Vick avec moi », l'entends-je dire.

"Putain", grince Gabriel, la voix irritée et en colère.

Quand il me regarde, je n'arrive pas à le lire, mais je sais que quelque chose ne va pas. Il est sérieux et a l'air quelque peu paniqué lorsqu'il prend mon visage entre ses mains.

«Je t'aime», me dit-il, me prenant au dépourvu. "Dites-moi que vous le savez."

"Qu'est-ce qui ne va pas?" Je demande, ne sachant pas vraiment ce qui se passe.

"Je t'aime", dit-il encore, juste avant que sa bouche ne se pose sur la mienne dans un dur baiser.

Cela me coupe le souffle, mais m'enlève aussi la possibilité de lui répondre. Ses mains s'enfoncent dans mes cheveux et me retiennent captive pendant qu'il me dévore.

"Hélène." Je me fige quand j'entends quelqu'un que je ne connais pas prononcer mon propre nom. Personne ne m'appelle comme ça sauf Gabriel, et parfois ma mère.

Gabriel se retire du baiser et me regarde dans les yeux. "Je t'aime", dit-il encore avant de s'écarter et de me laisser voir qui est dans la pièce.

Je commence à sourire quand je vois une grande femme plus âgée avec les mêmes yeux que Gabriel, debout, vêtue d'un pantalon blanc et d'une chemise bleu foncé. Ses cheveux gris blond sont courts et éloignés de son visage. Elle s'avance vers lui et lui ouvre les bras.

Mon estomac se serre quand je vois qui est avec elle. L'homme qui a prononcé mon nom.

"Vick?" Le son de son nom est presque accusateur, mais je m'en fiche. Il a l'air aussi choqué de me voir que je le suis de le voir.

"Vous connaissez mon mari?" » me demande la mère de Gabriel avec un sourire aux lèvres.

Mes yeux se tournent vers Gabriel. "Quoi?" Je demande, ayant besoin qu'il remplisse quelques blancs. Je suis confus et soudain, la panique commence à monter dans ma poitrine.

"Ce n'est pas mon père", ajoute rapidement Gabriel. "Ma mère l'a épousé il y a peu de temps."

Je ressens une trace de soulagement qu'il ne soit pas mon putain de frère, mais ça nous fait quand même... quoi ? Frère et sœur par alliance. Oh mon Dieu, c'est mon demi-frère ? Mon esprit s'emballe pour suivre ce qui se passe.

"Tu es à moi. Ma femme, la mère de mes enfants », râle Gabriel en réduisant la courte distance qui nous sépare.

Comme d'habitude, il efface toutes mes pensées rien que par sa présence. Je ne sais pas comment il sait toujours ce que je pense. Cela me rassure que nous sommes faits l'un pour l'autre. Deux moitiés d'un tout. C'est comme ça que nous nous sommes réunis si vite.

"Tu es marié !" J'entends ma mère crier et je ferme les yeux. Merde. "Vick ?" J'entends ma mère dire ensuite. La question est claire dans sa voix. Elle se demande probablement ce qu'il fait ici.

Ceci est un gâchis. C'est bien trop compliqué pour que cela se soit produit tout seul. Je regarde autour de moi et vois que tout le monde me regarde. Je tourne mon regard vers Gabriel. C'est alors que je connais la vérité dans mon cœur.

"Tu savais qu'il était mon père, n'est-ce pas ?" Il hoche la tête. "Tu n'as même pas de sœur enceinte, n'est-ce pas ?" Il secoue la tête.

Même en découvrant ces deux pièces du puzzle, cela n'a toujours aucun sens.

"Pourquoi ?" Je demande. "Pourquoi as-tu fait tout ça ?"

« J'ai su que Vick était une merde dès le moment où ma mère est rentrée avec lui », dit Gabriel, et je vois l'honnêteté dans ses yeux.

"Gabriel !" sa mère crie et ma mère renifle de rire.

"Une merde", dit-il encore avec emphase en regardant sa mère avant de reporter son attention sur moi. "J'ai commencé à le fouiller pour donner à ma mère les preuves concrètes qu'elle ignorait, et je t'ai trouvé : sa fille." Ses mains se posent sur mon visage et il me tient pour que je ne puisse pas détourner le regard.

"Vous avez une fille ?" La mère de Gabriel crie à nouveau, mais cette fois contre Vick. Je les ignore. C'est plus dramatique que jamais.

« Je t'ai dit que je te voulais dès le moment où j'ai posé les yeux sur toi. J'ai organisé cette réunion et j'ai fait semblant de devoir t'embaucher. Et puis tu étais là. Vous étiez dans mon bureau et je savais que si je le voulais, je pourrais vous faire venir chez moi le jour même. Il baisse son front contre le mien. « Et je le voulais plus que tout. Je n'avais jamais ressenti autant de choses d'un seul coup, Magnifique. Tu dois me croire. J'étais amoureux sur le coup et je ne voulais pas risquer de te perdre. Une fois que je t'ai amené ici, j'ai su que je ne voulais jamais que tu partes.

J'avais peur que lorsque tu découvrirais mes mensonges, tu essayes de me quitter. Sa voix est chargée d'émotion.

Il est allé si loin pour m'avoir. Peut-être qu'il l'a mal fait, mais je sais qu'il ferait toujours tout ce qu'il pouvait pour m'avoir à ses côtés. Pour me rendre heureux et me protéger. C'est écrit sur son visage en ce moment. Il m'aime de chaque centimètre carré de son cœur. Si j'avais pensé une seconde que ce n'était pas le cas, alors je n'aurais pas accepté cela en premier lieu. Mais j'ai su quelque part dans mon âme, dès le moment où nous nous sommes rencontrés, que cette chose entre nous était la vraie affaire.

"Peut-être que nous devrions y aller." Je jette un coup d'œil et vois ma mère debout juste à côté de nous. Gabriel se recule et la regarde.

« Je suis amoureux de votre fille. Si vous me donnez une chance, je le prouverai », lui dit-il.

Ma mère lui sourit, puis tend la main et pose sa main sur son bras.

"D'accord. Je reviendrai demain. Essayons de refaire le dîner. Elle lui serre légèrement le bras avant de se tourner vers moi. "Appelle-moi demain", dit-elle en m'embrassant sur la joue. « Tout ce qui te rend heureux me rend heureux. Je m'en fous de Vick. Je t'ai eu à cause de lui, donc c'est difficile de le détester, » me murmure-t-elle à l'oreille. "Mais Gabriel a raison, c'est une merde."

Je lutte contre un sourire. Elle n'était pas obligée de me le dire. Ma mère veut toujours ce qu'il y a de mieux pour moi et tout ce qui me rend heureuse.

Ma mère se dirige vers la mère de Gabriel et se présente alors qu'elle ignore complètement Vick. La mère de Gabriel a l'air de vouloir assassiner Vick. Je suppose que comme toutes les femmes de sa vie, il n'a pas non plus été honnête avec elle.

Ma mère me fait un dernier sourire avant de partir, puis Gabriel m'entoure de ses bras.

Je jette un coup d'œil pour voir la mère de Gabriel et Vick, qui semblent être dans une dispute chuchotée qui devient de plus en plus chaude de seconde en seconde. Je n'entends pas ce qu'ils disent d'ici, mais le visage de Vick se durcit et j'ai le sentiment que les choses sont sur le point de changer entre eux.

Chapitre 13

Gabriel

"Est-ce que tu es d'accord pour gérer ça, maman?" Je demande en m'éloignant d'Odette et en me plaçant devant elle. Je veux m'assurer qu'elle est protégée de tout ce qu'il pourrait essayer. Les garder séparés en général est une bonne idée.

"Oui", dit-elle en redressant les épaules.

Elle prend peut-être de mauvaises décisions, mais c'est un petit oiseau coriace. Je la regarde sortir son téléphone portable et taper quelque chose dessus.

« Vous pouvez récupérer vos affaires à la maison. Ma sécurité veillera à ce que vous n'emportiez rien qui ne vous appartient pas. Et mon avocat va demander l'annulation. Elle lève les yeux et lance un regard mortel à Vick. "Tu ferais bien de ne pas te battre, sinon je te traînerai devant le tribunal jusqu'à ce que tu n'aies plus rien."

"Il n'a déjà rien", dis-je, et Vick plisse les yeux.

Pendant une seconde, il a l'air de vouloir me défier, mais ensuite il regarde au-delà de moi et ses yeux s'adoucissent. Je vois que ses roues commencent déjà à tourner. S'il ne parvient pas à mettre la main sur la fortune de ma mère, peut-être qu'il pourra d'une manière ou d'une autre se frayer un chemin dans la vie d'Odette et s'emparer de la mienne.

«Elena, chérie...» commence-t-il, mais elle me contourne et l'interrompt.

« Tu ne peux pas prononcer mon nom. Vous ne savez rien de moi. Tu as renoncé à ce droit le jour où tu as dit à ma mère de se débarrasser de moi. Ensuite, vous avez continué à faire ce choix à chaque instant qui s'est écoulé depuis eux jusqu'à maintenant. Vous avez pris la décision de vivre votre vie comme vous le souhaitiez, et ça me va. Mais j'ai pris la décision de vivre sans toi, et je ne reviendrai pas là-dessus. Jamais."

Je pose ma main dans le dos d'Odette pour lui offrir mon soutien. C'est sa décision, mais je ne permettrai pas à une sangsue d'être dans sa vie et de lui retirer tout ce qui est bon et pur.

«J'aime Gabriel», dit-elle, et je sens ma poitrine grandir de fierté. Elle se tourne vers moi dans les yeux et sourit. "Je fais. Je t'aime tellement. C'est toi.

C'est si simple et si parfait.

"Je t'aime aussi", dis-je alors qu'elle me sourit doucement.

« Gabriel n'arrête pas de me répéter que c'est notre maison, la maison où nous allons élever nos enfants. Sans vous manquer de respect, Mme Cole, dit-elle en faisant un signe de tête à ma mère. "J'aimerais que tu quittes ma maison, Vick, et j'aimerais que tu ne reviennes jamais."

Il semble avoir quelque chose à lui répondre, mais à la place, il lève les mains et marmonne des jurons en partant.

«Je te contacterai», dit ma mère en s'approchant et en m'embrassant sur la joue. « Et je serai là demain pour le dîner aussi. Tout seul. Je pense que nous avons besoin d'une chance de nous rencontrer correctement.

«J'aimerais ça», dit Odette en lui rendant son étreinte.

J'envoie un message à ma sécurité pour qu'elle la suive chez elle. Je sais qu'elle a le sien, mais ça ne fait pas de mal d'avoir quelques sauvegardes pour des gens comme Vick. Mais je ne suis pas inquiet. Entre elle et l'entourage qu'elle a dans sa maison, elle s'en sort. Et honnêtement, elle doit se sortir de cette situation. Je l'ai prévenue à propos de Vegas.

Lorsque la porte d'entrée se ferme, je me tourne vers Odette. "Désolé, ma belle."

"Désolé pour quoi..." Elle couine alors que je la prends dans mes bras et la jette par-dessus mon épaule.

Je traverse la maison à grands pas et monte les escaliers jusqu'à notre chambre. «Je suis désolé que vous deviez attendre le dîner. Toi et moi avons une fête à faire. Et je n'ai pas l'intention d'utiliser des mots pour le faire.

"Pourquoi célébrons-nous?" Elle rigole en me giflant le cul.

Je lui donne une tape dans le dos et elle se tortille sur mon épaule.

«Pendant une seconde, j'ai cru que tout mon monde s'effondrait autour de moi. Maintenant que je sais que ce n'est pas le cas, je veux célébrer. Et pour ce faire, j'ai besoin de ma bite à dix pouces de profondeur dans ta petite chatte serrée pendant que je te mets enceinte.

Cette fois, quand elle se tortille sur mon épaule, je sais que ce n'est pas elle qui joue. Quand je la jette sur le lit et que ses jambes s'écartent automatiquement, je lui fais un sourire méchant. Mon Dieu, j'adore l'élever.

Épilogue

Gabriel

Un an plus tard...

« Il est si fort », dit-elle en tenant notre petit garçon dans ses bras.

Il a la main enroulée autour de son doigt et je connais cette sensation. Je suis tout aussi serré pour elle. Il n'y a rien au monde que ma belle épouse puisse demander que je ne lui fournisse pas.

Notre fils a quelques mois maintenant et il est la lumière de nos vies. J'avais raison quand je pensais l'avoir mise enceinte du premier coup. Son corps était mûr et prêt depuis le début, et maintenant nous en avons déjà un autre en route. Nous n'avons pas perdu de temps après qu'elle ait été innocentée, et cela s'est produit immédiatement. Je ne peux pas garder ma bite hors d'elle, et elle ne peut pas rester en dehors de ça. C'est vraiment une combinaison dangereuse.

«Je vais le mettre au lit», dit-elle en le portant jusqu'au berceau et en le plaçant à l'intérieur. Elle allume sa machine sonore et le babyphone.

Je me dirige vers l'endroit où elle se tient près du berceau et me déplace derrière elle. Je pose une main sur son ventre qui grossit et l'autre sur sa culotte. Je ne fais rien, j'aime juste prendre sa chatte en coupe et la sentir contre ma paume.

"Il devient tellement gros", je murmure et j'embrasse son cou.

Son cul bouge contre ma bite et je sais qu'elle le veut. Mais ce moment est si doux, je ne suis pas prêt qu'il se termine.

Mon fils est fort et en bonne santé et ma femme est enceinte de notre deuxième garçon. Elle est si fertile et excitée que ça me fait bander à chaque heure de la journée. Je me bats constamment pour ne pas boire tout son lait et la laisser dormir toute la nuit.

Mon doigt glisse entre ses lèvres et j'y sens l'humidité. "Deux garçons à dix mois d'intervalle." Je souris et mordille son cou. "Qu'allons nous faire?" Je frotte un peu son clitoris, en y allant lentement. Nous ne sommes pas pressés.

"C'est fou, mais nous aussi", dit-elle en se penchant en arrière et en me regardant. "Emmène-moi au lit."

Je retire mes doigts de sa culotte et les lèche alors que nous quittons la crèche et allons dans notre chambre. Une fois à l'intérieur, elle se déshabille et s'allonge au milieu du lit, comme j'aime. Son corps est nu et ses jambes écartées, et elle m'accueille comme un roi revenant du combat.

Je grimpe sur elle et glisse le bout de ma bite dans ses plis humides et je le frotte là. Je ne la pénètre pas encore, car je veux d'abord mon goût. J'embrasse tout le long de sa poitrine et jusqu'à ses seins laiteux pendant qu'une goutte de crème sucrée roule et je la lèche. C'est plus doux maintenant qu'elle est enceinte, et je n'en ai jamais assez. Je frotte son mamelon sur mes lèvres, puis je l'y blottis avant de passer à l'autre.

"Tu es tellement plein et serré. Je sais que quand je te baiserai, je vais regarder ces gouttes crémeuses sortir à chaque poussée.

Elle gémit et sa chatte se resserre autour du bout. Cette pensée me fait palpiter la bite et je ne peux plus attendre. Je dois me glisser dans son humidité. Elle est toujours si serrée qu'elle serre ma bite au point de me faire mal, mais je l'ignore alors que je la prends fort. Je n'arrête pas de penser que si je jouis suffisamment en elle, le bébé se transformera en jumeaux. Un homme peut rêver, non ?

Je lui attrape les fesses et me penche en arrière pour ne pas écraser le bébé. Et de cette façon, je peux lui frotter la chatte pendant que je suis en elle. Parfois, j'aime encore l'appeler ma petite sœur quand nous baisons et lui murmurer toutes les choses désagréables que je lui aurais faites si nous étions adolescents ensemble. Elle aime les propos grossiers autant que moi, et quelque chose dans le tabou d'être semi-lié est excitant.

Nos vies sont parfaites et même si nous avons commencé un peu moins conventionnel que la plupart, je ne changerais rien. Je veux passer chaque seconde de chaque journée à la faire sourire, elle et nos enfants. Et je ferai tout ce qu'il faut pour que cela se produise.

"Je t'aime ma belle."

Ses cuisses s'élargissent alors qu'elle frotte ma poitrine et m'embrasse. "Je t'aime aussi."

Son corps réagit comme il le fait toujours et je sens son orgasme arriver. Je la taquine juste assez pour qu'elle soit toute excitée et que lorsqu'elle jouisse sur ma bite, elle me couvre de crème. Je presse ma poitrine contre la sienne alors que le point culminant la survole, et je peux sentir le liquide chaud de son lait sur moi. L'odeur et la sensation sont plus que ce que je peux supporter et je l'enfonce profondément, jouissant en elle aussi fort que possible. Des impulsions de sperme recouvrent son ventre et je sens sa chatte essayer de tout prendre.

Je nous retourne pour qu'elle soit allongée sur ma poitrine et je la tiens contre moi. Il n'y a rien au monde que j'aime plus que de m'endormir avec sa chatte enroulée autour de ma bite. Notre fils est encore petit, alors quand il pleure la nuit, c'est moi qui me lève et qui le nourris. Alors je chéris ces moments avec Odette tant que je le peux.

"Vas-y et dors, ma belle", dis-je en embrassant le haut de sa tête.

«Je rêve déjà», répond-elle, et je souris alors que nous nous éloignons.

Épilogue

Odette

Dix ans après....

« Tu n'as pas le droit de pleurer dans l'endroit le plus heureux du monde », dit Gabriel à notre petite fille.

Il essaie d'agir comme un dur, mais je sais qu'il est sur le point de lui donner la Minnie Mouse qu'elle demande. Notre fille est la plus jeune d'une famille de sept enfants. Et la seule fille. Je voulais une petite fille, mais Gabriel continuait à me donner des garçons. Finalement, quand nous l'avons eue, j'ai dit que nous avions fini. J'ai été surpris que Gabriel ait si bien accepté, mais il me donne toujours ce que je veux, sans poser de questions.

Je regarde Gabriel payer le Minnie et dire à notre fille qu'elle n'en aura plus pour le reste de la journée. Je regarde ses frères qui attendent tous près de la porte. Chacune d'elles porte les Minnies qu'elle a déjà reçues aujourd'hui. Mais dans chaque magasin où nous passons, elle en demande un nouveau, et aucun d'entre eux ne peut lui dire non. Je lève simplement les yeux au ciel et je ris. Elle est tellement gâtée mais aussi tellement protégée. Si son père ne devait pas être assez méchant, avoir six frères aînés pour veiller sur vous, c'est comme avoir votre propre armée personnelle. Mais ils l'adorent tous alors qu'ils transportent ses animaux en peluche roses et montent sur tous les manèges qu'elle veut. Dieu merci, car si je dois utiliser les tasses de thé une fois de plus, je pourrais m'arracher les cheveux. Mais ils sont tous si patients avec elle.

Je suis tellement reconnaissante que nos mamans et nos enfants puissent être ici ensemble. Quand j'ai mentionné pour la première fois que je voulais venir à Disney pour les vacances, certains des garçons les plus âgés se sont plaints, mais ils ont rapidement fermé leurs portes après un regard de Gabriel. Il fait de son mieux pour qu'ils restent droits, mais je sais qu'ils feraient tous tout ce que je voulais.

Je regarde nos mères rejoindre les sept enfants dans la file d'attente pour le prochain trajet. Ils s'amusent tous les deux presque autant que les enfants. J'avais peur qu'ils suivent, mais pendant que les enfants se fatiguent et essaient d'aller se coucher, les mamans les traînent dehors pour en savoir plus. Heureusement, la mère de Gabriel a jeté Vick sur le trottoir il y a longtemps, et nous n'avons plus eu de ses nouvelles depuis. Elle sort avec un physiothérapeute avec qui ma mère l'a mise en relation depuis quelques années et semble vraiment heureuse. J'aimerais parfois que ma propre mère sorte avec elle, mais elle dit qu'elle ne trouve pas le temps. Personnellement, je pense qu'elle a une relation amicale avec un autre médecin de son cabinet, mais elle ne me l'admettra jamais. Tant qu'elle est heureuse. C'est tout ce qui compte.

Je sens Gabriel venir derrière moi et enrouler ses bras autour de ma taille. "Est-ce que tu t'amuses?" demande-t-il en m'embrassant dans le cou.

"Tu sais que je le suis", dis-je en frottant les bras qu'il a enroulés autour de moi.

En m'appuyant contre lui, je soupire et sens tout le stress de la vie à la maison s'estomper. J'ai de la chance que Gabriel soit si impliqué et que nous ayons nos deux mères pour nous aider, mais avec tous les enfants et leurs activités parascolaires, cela peut être très difficile à suivre. Venir ici, c'était une façon d'être ensemble tout en s'amusant, et j'ai déjà hâte de revenir.

« Nos mères ont hâte de les emmener au feu d'artifice ce soir », dit-il en passant son nez dans mon cou.

"Je suis désolé qu'ils vont nous manquer", dis-je, puis je souris. "Je suppose que nous devrons simplement en fabriquer nous-mêmes." Je me retourne dans ses bras et regarde son visage souriant. « Vous pensez pouvoir gérer ça, M. Cole ?

Il pose son front contre le mien et je sens sa main glisser jusqu'à mes fesses. "Mme. Cole, tu ferais mieux de te surveiller. N'ose pas me lancer un défi.

« Tu me pelotes à Disney. Je suis presque sûr que Mickey Mouse aura quelque chose à dire à ce sujet.

Il me frappe le cul et je crie et je rigole. J'essaie de m'éloigner de lui, mais sa poigne ne fait que se resserrer.

"Je mets ce rat au défi d'essayer de t'éloigner de moi."

"Pas une chance au monde", dis-je en le rapprochant de moi et en déposant un baiser sur ses lèvres.

Je suis tellement perdu en nous deux que je ne sens personne venir à côté de nous. Lorsque nous nous séparons de notre baiser, je suis choqué de voir Mickey debout, les mains sur les hanches, tapant du pied. Mes joues rougissent comme si j'avais été surpris par un professeur en train d'embrasser mon petit-ami derrière les gradins.

"Désolé, Mickey", je marmonne, puis j'éclate de rire.

"Ce n'est pas le cas", dit Gabriel en me tirant encore plus près. Je le sens me serrer le cul une fois de plus avant que Mickey nous fasse signe et continue de marcher.

"Je pense que cela a gâché toutes mes vacances", dis-je et je ris à nouveau en voyant à quel point c'était ridicule.

"Attention, belle", dit Gabriel à mon oreille. "Je vais te baiser comme une sale princesse ce soir."

Un frisson chaud me parcourt le dos alors que je pense à toutes les façons dont il va m'aimer. L'endroit le plus heureux sur terre peut-il devenir plus heureux ? Je pense que je vais le découvrir.

LA FIN

Don't miss out!

Visit the website below and you can sign up to receive emails whenever Ashley Colem publishes a new book. There's no charge and no obligation.

https://books2read.com/r/B-A-TMQAB-FYLPC

BOOKS 2 READ

Connecting independent readers to independent writers.

Did you love *Amour Improbable*? Then you should read *Bien Trop Brutal*[1] by Ashley Colem!

Le jour de son mariage, Chloé découvre que l'homme qu'elle pensait épouser n'était pas Roman Smith, mais Roman Sidorov, membre de la Zaitsev Bratva. Les personnes responsables du meurtre de ses parents et de son frère. Même si elle le déteste parce qu'il lui a menti, Chloé ne peut nier qu'elle l'aime. Ils sont mariés maintenant. Il n'y a pas de retour en arrière.

Roman a été envoyé pour la tuer. Il avait bien l'intention d'aller jusqu'au bout, mais chaque jour où il revenait, il ne pouvait se résoudre à le faire. Alors, il l'a fait tomber amoureuse de lui. Il ne sait pas ce qu'est l'amour. Tout ce qu'il sait, c'est qu'il doit garder Chloé.

---

1. https://books2read.com/u/4Ep1Po

2. https://books2read.com/u/4Ep1Po

Lorsque Zaitsev prend une décision, la vie de Chloé est en jeu. Roman doit faire un choix, sauver sa femme ou exécuter l'ordre qui lui a été donné.

Also by Ashley Colem

Bien Trop Brutal
Obsede Par Elle
Limite dépassée
Amour Improbable
Kataliya, la Parfaite Élue
Le Choix Ultime d'un Seul Amour
Sexe à Répétition
Taïna est en feu